# Taurus

金牛座

4月21日～5月20日

林小仙 著

金牛座
# 攻星记 #
Taurus

# 原谅我眼里满是人间烟火

中国出版集团 现代出版社

没有一样事情不辛苦，没有一处人事不复杂。越简单，越快乐；

越努力，越幸运。

愿你变成自己喜欢的样子，愿你遇到一个不需要取悦的人。

# 前　言

最使金牛疲惫的往往不是道路的遥远，而是心中的郁闷；最使金牛颓废的往往不是前途的坎坷，而是自信的丧失；最使金牛痛苦的往往不是生活的不幸，而是希望的破灭；最使金牛绝望的往往不是挫折的打击，而是心灵的死亡。

所以，金牛座凡事都要看淡些，心放开一点，一切都会慢慢变好的。

金牛座说话、做事，都有自己的行为准则，并且严格遵守，不轻易被外界的观点、评价所干扰和左右。

金牛座希望过着平淡安稳的日子，可前提是遇上一个完全跟自己对味的人，倘若暂时碰不到合适的人，一向慢半拍的金牛绝不会慌忙去将就，金牛知道缘分这种事强求不得。

金牛相信，自己也只有一次人生，无法慷慨赠予自己不爱的人。

很多时候，金牛座看上去整天都很开心，没有烦恼，像个小孩，好多人都会羡慕他们，但其实不是这样的。

其实，金牛只是不想让别人看到自己难过的一面，更没有能力一个人独处，因为当夜深人静的时候，他们不知道一个人会发生什么事，可能会坐在窗前冥想走过的点滴。

金牛座貌似很坚强，因为在别人看来，他们什么事都能微笑着去面对，但事实上他们有着世界上最脆弱的心灵，只是长期的伪装使得别人很难发现他们内心深处的创伤。

金牛只想简简单单、快快乐乐地活着，期待并且相信每个人给的笑容都是真心的，希望身边的人都是真正地喜欢自己。

即使别人小小的意见，也会令他们难过好久，他们真的很介意，介意自己不被人喜欢。因为，他们总是为别人想得很多，对别人总是比对自己好；把对喜欢的人好当作幸福，喜欢别人比喜欢自己多。

金牛座总是那样，前一秒还伤心地流着泪，后一秒出现在朋友面前的时候，已经满脸洋溢着灿烂的笑容。

有人说金牛座是向日葵，是的，他们在意的人就像是太阳，在面对太阳的时候他们永远是明艳的花朵，而太阳照不到的背面，将悲伤藏得那么好，不愿被人看见。

金牛座向往自由的生活，却必须为了谁很努力地朝另外的一个方向活着，很累很累，却仍是心甘情愿。

他们只有在面对最信赖的人时，才卸下盔甲，委屈地流下眼泪。在他们心里，笑就是开心，哭就是难过，接近就是喜欢，远离就是讨厌。

金牛座好像无所不能，好像总是不会有烦恼，好像什么问题都能轻而易举地解决，总是喜欢出现在流泪的人面前，笑嘻嘻地逗着对方笑。而面对自己的问题，他们却茫然无措，面对自己的悲伤，他们只会躲在人们看不见的角落里慢慢任由伤口越裂越大。

金牛的想法非常简单，说出来的就是心里所想的，肚子里不会拐七道八道的小弯。

所以，请别记恨金牛座，他们从不愿伤害谁，小小的错误就能让他们懊悔很久。

他们其实非常单纯，甚至即使你只是曾经给了他一个简单的微笑，他也会一辈子记得你的好，因为他们的世界观其实很简单。他们也很容易受蛊惑，请不要轻易地伤害他们的感情，因为一旦伤害了，那将永远弥补不回来。

如果你身边有金牛座的人，不要吝惜给他关怀，哪怕一丝一毫也好。让他知道这个世界没有抛弃他们。

金牛心里把关系分得很清楚，谁是路人，谁是朋友，谁是泛泛之交，谁是真心实意……

只有在安全范围内的人，金牛才会展示他最真实的一面。

既温柔也任性，既随便也倔强。这就是金牛座。

金牛要是说想你了，你一定要相信！对于金牛来说，这可不是简简单单的几个字，这是他经过“我发出去会不会显得太主动”“我是不是应该忍住”“万一我说了他不以为然呢”等一系列心理活动之后才下定决心告诉你的！

Taurus

# 目　录

## 第一辑　最怕深交后的陌生，温柔后的冷漠

## 第二辑　愿你依然敢爱，如命中注定

## 第三辑　喜欢和陌生人谈心，却和最爱的人争吵

**第四辑　不是假装沉默，只是无力诉说**

## 第五辑　温柔起来是条河，任性起来是恶魔

## 第六辑　以自己喜欢的方式过一生

第一辑

# 最怕深交后的陌生，温柔后的冷漠

金牛座就是喜欢自由、不受拘束，爱宅在家里，不到迫不得已不会去做很急的事。

金牛座总是牵挂太多，明明知道自己应该改变，却无力改变，对感情容易认真，世人却看不到他的认真，不记仇，很随和。

如果你发现金牛座对你很礼貌，那就说明你们的关系还很陌生；如果你发现金牛座对你很主动，那说明你对他很重要。

如果你发现金牛座突然消失了，请你理解他，他是因为开始觉得自己多余了，而不敢去打搅你。

# 有些弯路，是一定要走的

金牛有着倔强脾气，喜欢钻牛角尖。自己转不过来的弯，别人再怎么讲道理都没有用。

金牛看上去挺稳重的，其实在青春年少的时候那更多的是假象，真正的稳重是需要走过一些弯路的。明知道一味地靠自己努力，其实根本行不通，金牛却要固执地坚持不服输，直到失败了，才承认自己的方式是不对的。

正是这些弯路，成就了后来温柔、美好、成熟的金牛。

咬到舌头才知道吃东西不能太着急，
爱过错的人才知道不是执着就能在一起，
所有的经历都是必然，
不摔跤永远不知道哪里的路最平坦。

在某个夜深人静的时候，你也许会回忆、比较，然后后悔，抱怨……

你说，早知道不做前面的那份工作就好了，早知道不爱前面的那个人就好了。人生最轻松也最沉重的三个字，大概就是“早知道”。

当你嘴角挂着一抹自嘲的微笑吐出这三个字时，你的语气分明是苦涩的，“早知道”意味着太晚才知道。

早知道就不该犯的两个错误，你却都犯了。其实这也没什么稀奇，这世上百分之九十九的人大抵都如此。

走一点弯路，爱个把烂人，这本是必不可少的成长轨迹。不遵循这个轨迹的人，要么太多幸运，要么太少自由。

所以你要明白，少走了弯路，也就错过了风景，无论如何，感谢经历。

你还记得，在我们都还很年轻的时候，我们拥有很多清纯的爱，但彼时我们并不知道什么是珍惜和疼痛，只知道狠狠地刺出阿修罗的刀。

你还记得，在我们都还很幼稚的时候，我们具备无所不能、又一无是处的自信，但彼时我们并不知道什么是谦虚和自省，只知道拼命地表现和往前冲，然后败得体无完肤。

可也正是这些经历，让你我明白，就算懂得很多大道理，但总得经过失去、跌倒后，才能在痛和反省中找到自己。

我们用跌倒的疼痛换来坚定，正因为知道失去了什么，才知道该抓紧什么。所以不要害怕走弯路，任何经历都是在成长。

你要记住，那个你最希望他爱你的人，只怕非得站在所有那些“早知道”的尽头等你不可。

那些通往他的弯路和错爱，沿途铺成一条红毯，染红它的，是你如人鱼女儿一样脚踩着刀刃的疼痛。但没有一滴血是可以不必流的。

你知道为什么吗？因为要到你准备好了的那一刻，他才恰巧也准备好。在那之前，他有他的刀刃要踩，也有他的鲜血要流，命运安排你们在这一分这一秒这个际遇，才能变成对的时

金牛不愿意进行毫无意义地说教、无缘无故的行动和失去理智的激动，也没有强烈的紧迫感。金牛喜欢安静的生活，对于爱情，开始时是积极而热情，渐渐地会转变成温暖、诚挚。岁月静好是金牛内心最大的追求。

Taurus

间，对的地点，和对的人。

至于成功，更是如此。如果没有学习的枯燥和无趣，又怎会有拥有学识和能力之后的快乐；如果没有第一份工作的无聊和庸常，又怎会有你置之死地而后生的发奋和崛起；如果没有第二份工作的困扰和忧思，又怎会有你如今的果断和英明；如果没有那些曾经难缠到令你伏案大哭的上司和客户，又怎会有你今天，泰山压于顶而色不变的从容。

我们从懵懂走向透彻，是需要走一些弯路、受一些伤的，这是我们路途的标志，也是我们成长的代价，不要因为畏惧而躲避，因为保护而拒绝。

成长和成功一样，都是需要时间来雕刻的，那些令你遗憾的弯路和错爱，像时光毫不留情却暗藏疼惜的雕刻刀，将你一点点雕塑成今日的样子。

在特别脆弱的时刻，你也会将“我老了”这样的话挂在嘴边，但其实你知道，那只是因为你累了。待这个世界给你一点点时间，一点点空间，一点点故作遗忘的留白，你又会焕然一新地站在它的面前，像游戏里的战士满血复活。

那些走过的弯路和错过的爱人，其实你应该去感谢它们的。

金牛很多时候大大咧咧，但对自己在意或关注的人和事非常敏感；老好人形象，给人亲近感；喜欢被人呵护的感觉，并大方地回报对方；钱包里一定装备足够的钱才出门，要随时能买下自己看上的东西才安心。

Taurus

你要更加相信它们更像我们脸上的痣和心口的疤。无论我们愿或不愿，它们就在那里，在每一次照镜子的时候，提醒我们过去的存在；在每一道喜悦或悲伤流过我们心上的时候，改变它们的流速，让我们感觉到我们所能感觉到的。

因为它们，你才是现在的你。

每个人的青春里都有一条弯路，如果你现在正走在一条看起来没有未来的弯路上，记住一定要继续走下去，只有等你走完了，你才会明白自己想要的是什么。没有人能帮你，你只能靠自己，即使什么都失去的时候，还有未来在。

在人生的路上，有一条路每个人非走不可，那就是年轻时候的弯路。不摔跟头，不碰壁，不碰个头破血流，怎能练出钢筋铁骨，怎能长大呢？

和金牛吵架，你就像个自导自演的神经病。无论你抓狂也好，崩溃也罢，无论天崩地裂，还是山盟海誓，金牛就静静地站在那里，一言不发。

Taurus

# 你的世界里，
# 有着不被打搅的安静

金牛座的性格就像牛一般，态度平稳、有毅力和耐力。

和金牛座在一起让人感觉安稳，踏实，有归属感。虽然嘴上总是很犟，但是内心超级柔软。金牛座在社会上是属于中流砥柱型的人物。

金牛不愿意进行毫无意义的说教、无缘无故的行动，不会有失去理智的激动，也没有强烈的紧迫感。金牛喜欢安静的生活，对于爱情，他们开始时是积极而热情的，渐渐地会转变成温暖、诚挚。

岁月静好是金牛内心最大的追求。

时间，是距离也是宽恕，
让一些东西更清晰，
让一些感情更明白，
让一切都趋于平静。

这个时代，每个人都在大声说话，每个人都在争分夺秒。我们用最快的速度站上高度，但是也在瞬间失去态度。但永远不要忘记出发时的决心，做那个义无反顾勇敢的流浪者，让每一个想扮演自己的人，都尽兴。

在别人喧嚣的时候安静，在众人安静的时候发声。不喧哗，自有声。

曾经的浮躁，曾经的埋怨，曾经的忧伤，在岁月的洗礼中慢慢地褪色了。我们就在安静中成熟，变得沉稳，变得平静，变得淡然，感受着生命在不同阶段带来的变化。

成长就是渐渐温柔，克制，朴素，不怨不问不记，在安静中渐渐体会生命的盛大。

因为不知道自己的目标是什么，开始烦躁不安。什么都想要尝试，却什么都是浅尝辄止，半途而废。看着别人都在朝着各自的目标前进，只有自己还在原地踏步，迷茫地看着别人的背影，不知道要选择哪一条路，不知道要怎么继续走下去。

你要知道，每个年龄，都有每个年龄相匹配的烦恼，无一例外；每个年龄的烦恼，都会在那个年龄的地方，安静地等着你，从不缺席。

因为不甘心落后，开始埋怨别人。明明知道最大的原因是自己不肯去思考，不肯去努力，却还是会把责任推到别人的身上，好像只要推卸了责任，就可以心安理得地停留在原地，等待别人在背后推着自己前进，或者在前方带领自己。

因为承受不了输给别人，开始自卑和忧伤。似乎在一瞬间整个世界都失去了光明，眼前已经无路可走，不敢盲目地往前摸索前进，只好站在原地哭泣。眼泪淌下的时候，心头的重量似乎也随之减轻了，眼前似乎开始出现微弱的光。

但你要知道，选择任何一种生活方式，都有得有失。所以，不用羡慕什么，也不用抱怨什么。你所能做的，只是保持身体和内心的平衡。

每个人都会经历低潮，这个阶段的自己，什么都不想做，即便做了也什么都做不好，不如安静地等待，看书写字，锻炼身体，打扫房间，或是把列表里没时间看的电影看一遍，找靠

金牛在半生不熟的人面前，就是一个老好人，情商和智商都高。反而是在熟悉的人面前，金牛就会变得脾气倔、情绪化。金牛心里把关系分得很清楚，谁是路人，谁是朋友，谁是泛泛之交，谁是真心实意。

Taurus

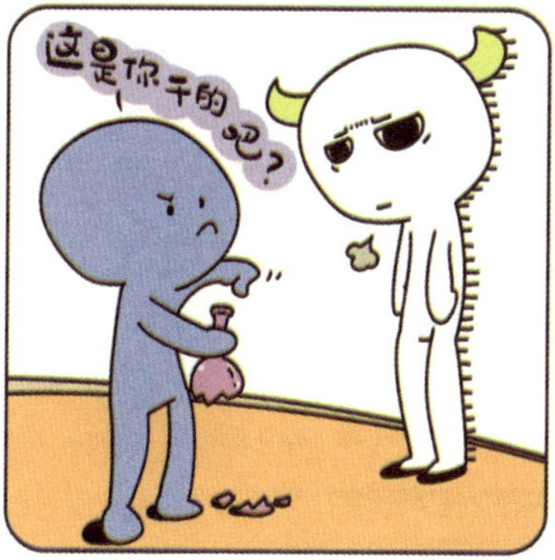

金牛是那种不太会给爱情加“糖”的人，他不喜欢总是在爱情里比较谁爱谁多一点儿。在冷战之前，金牛的口头禅一般是“你说了这么多，跟我有什么关系？”金牛如果能和一个人正大光明地在一起，就是爱这个人的最好证明。

Taurus

谱的朋友聊天，一起回忆共同经历过的美好，忘记抱怨。

那些在低潮时陪着你的人最珍贵，停滞时做的小事最动人。

时间是最好的魔法师，在它的手里，每个人都在不知不觉的改变中悄悄成长。坚守着自己的秘密，在孤独和痛苦里，在寂寞无助中，懂得温暖别人、安慰自己、学会坚强。

不必向所有人倾诉一路成长的辛苦，因为你的成长之路不是每一个人都会懂；也不必向大家告白你对生活的忠诚，因为你的生活有专属于你自己的意义；更无须说生命道路有多么坎坷，因为你走的路都是你自己选择的，所以你必须承受。

你要知道，所有的痛苦、羞辱和不幸，可能带着极端的情绪，带着被误解的忧伤，那些都是你自己的事。面对它们，慢慢咀嚼，快快消化，也许能变成求生的本能，和快速逃避的本事。

金牛就是自己觉得矫情的东西都会删掉，想写点什么，脑子琢磨着怎样才会不幼稚，怎样才能既写出自己的情绪又不让别人知道我的情绪，然后突然一想，“这点事不值得我发表感想，算了。”

Taurus

随着时间的流逝，在原地停留的时候会让人想到很多，纷繁的思绪渐渐变得清晰，终于找到了前进的方向。渐渐地，心平静了下来，所有的浮躁、怨恨、悲伤都随风而逝，当眼泪不再流的时候，黑暗消失了，眼前只有一条路。虽然不知道会遇到什么，但是还是义无反顾地踏上这条路。

带着一颗平静的心，一步一步地走着，不再害怕失败，不再害怕落后，让自己在安静中成熟。

路还很长，还没有到停下脚步的时候，一直坚持着，总能走到终点，总能得到想要的东西。

## 最怕深交后的陌生，温柔后的冷漠

金牛座自尊心很强，强过金钱、事业，也强过爱情；金牛座知道什么是知恩图报，你对他们仁，他们就对你义；金牛座有了在乎的人后就会变得很没安全感。

金牛座最害怕的事情就是：一个很在乎的人从熟悉到陌生的冷却过程。

我的东西是我的。
我给你，你可以拿着；
我不给，你不该怨我，更不能抢。
对你好，应该珍惜，而不是觉得理所当然。
太多人不明白这个道理。

我们都能勇敢地面对你爱的人不爱你，但是谁都无力面对一个爱自己很久的人转身离去。那种骄傲那种幸福荡然无存。

请珍惜你身边默默爱你的人。或许，有一天当他真的离开了，你会发现，离不开彼此的，是你，不是他。

人最怕，深交后的陌生，认真后的痛苦，信任后的利用，温柔后的冷漠，亲朋间的误解。

陌生人分两种：不认识的和假装不认识的。可两种对比，最熟悉的陌生人远远比陌生人带来的情感冲击来得更强烈。

所以说，有些事情不要太计较，睁一只眼闭一只眼，就会过去的。遇到爱你的人，学会感恩；遇到你爱的人，学会付出；有个懂你的人，是最大的幸福。

对待感情，希望你在相爱的时候有足够的能力和他热情相拥，希望你在分开的时候有足够的勇气坦然相送。

承认吧，你不是还放不下他，你只是不敢面对那么美好的曾经和如今分崩离析相互陌生的两个人。

你只是不敢承认，你输了青春和爱情。

你要记住，再好的东西，也有失去的一天；再美的事物，也有淡忘的一天。如果不能拥有就放手，如果舍不得就痛苦，该珍惜就珍惜，该放弃就放弃，走得轻松，活得才顺心。

别问谁的行为伤了你，谁的感情苦了你。生活就是这样，有人疼痛，有人笑，有人哭泣，有人叫。伤了揉一揉，苦了忍一忍，谁的人生都有伤，哪种生活没有苦？

有些总是难免的，有些总是难躲的，人生并不怕伤过痛过，也不怕苦过哭过，关键是面对疼痛，你想不想，能不能站起来。

当你对自己微笑时，世上没烦事能纠缠你；当你对自己诚实时，世上没人能欺骗你。活在别人的掌声中，最易迷失自己；处在别人的关爱中，最易弱化自己。

敢于面对困境的人，生命因此坚强。要感谢那些直言不讳给你提意见的人，他使你成熟；要感谢给你制造困境的人，他使你坚强。

人的伤口无论再深再痛，总有一天会自我修复。而人的情感，爱、憎、恨、悔其实也是有限度的，为一个人受苦，苦到某种程度，自然会醒悟，不再为他蹉跎岁月。思念一个人，当思念到某种程度却换来长久的落空，也会欣然告别。

只要过了那段时间，一切都会恢复平常，过了那个期限，一切都会化作似水流年。无论多么深刻的痛楚，痛到一定程度，也会阴霾散开，看到阳光。

而你需要做的，只是安静地度过那段时光。

在记忆里有一片模糊的地方，忧伤而又喧嚣。在记忆里有一个熟悉的背影，想念而又陌生。

不论你愿不愿意承认，人一生爱过的大部分人，都会从陌生变得熟悉，又再从熟悉变得陌生……

渐渐地，打动我们的不再是那句“我爱你”，而是一句“我陪你”。爱情不是终点，陪伴才是归宿。

一辈子虽然漫长，但过去了也就是弹指一挥间。你会不断地遇见一些人，也会不停地和一些人说再见，从陌生到熟悉，从熟悉再回到陌生，从志同道合到分道扬镳，从相见恨晚到不如不见……

不是每个人都会是你的伙伴，也不是每个朋友都能肝胆相照，缘到，报之以大笑，缘散，报之以不厌。

人和人相处，都要以平常的心态来对待，要时刻想到，这个世界离了自己照常运行，谁离了自己都能活。

所以，我们要懂得珍惜，不论是对待友情、爱情、亲情，还是生活都是这样，要想快乐，就应该和自己握手言和，和过去握手言和。

世界上最远的距离，不是爱，不是恨，而是熟悉的人，渐渐变得陌生。虽然最好的时光，总是特别短，但曾有过的感动，愿你一直都能记得。

## 不能因为自己善良，就对这个世界失去警惕

金牛座其实很聪明。这种聪明来源于细心，冷静，观察力强。金牛座每到一个环境就会跳脱开来观察每一个人，他往往能把握住别人的优点、缺点，然后有选择地结交朋友。

善良是金牛座的突出特点，他们都是善良又不记恨往事的孩子，只是这种善良有时候会被不怀好意的人利用。

人和人之间的感情就这么脆弱，
你关门的声音大了些，
我就感觉你讨厌我了。

这个世界没有那么多将心比心。你善良，他便得寸进尺；你软弱，他便狠心欺骗；你正直，他便道德压榨。你把深情交付于错误的人，就别责怪这个社会不温暖。

因为都是你的愚蠢才收获了伤害，所以你只需要变聪明就好了，而不是去痴心妄想改变这个世界。

人别太善良，也别太大方，时间久了，你身边的人就会觉得，你所做的一切都是你应该的。即使有一天你撑不住了，累了，也没有人会心疼你，同情你。因为在他们眼里，这都是你愿意做的。

太过迁就别人，别人就会变本加厉地为难你；太过忍让别人，别人就会得寸进尺地伤害你。

心眼也别太好了，不要什么事都为别人着想，因为，有的人不会去想你的感受，你的难处，你的种种不易，甚至连一句温暖的话都没有！他们会觉得一切都是理所当然。

亲爱的，凭什么你默默流泪，而别人却全然不知；凭什么你强颜欢笑，别人却不以为然。

泛泛之交，没必要掏心挖肺地对人家，先看看这人值不值得交，相处时间久了，你一定会更了解一个人，更清楚应该怎么样对他。

不要对谁都是一副怜惜的心情，不是每个人都值得你那么做。

亲爱的，凭什么你总是付出，别人却毫不在意；凭什么你视别人如知己，别人却会轻薄于你。心里没有你的人，不要妄想某天他会被你打动，虽然这不是绝对不可能发生的事情。但是要切记，适可而止，偶尔也要想想自己，但是你若是为了感动一个人而对他好，或是带有其他目的，那就另当别论了。

不要对自以为是的人好，这样的人太以自我为中心，你的好在他眼里可能是理所应当的，虽然你可能不这么认为。

亲爱的，凭什么你把他当成宝，他却视你如浮云；凭什么你一心只装他一人，他却一心装万人；凭什么你千般万般对他好，他却从不关心你；凭什么你一心只爱他一人，他却把你伤到心碎。

分手了，可以是陌生人，可以是朋友，但是时刻提醒自己，你们之间的关系与从前不一样。

如果实在不习惯可以慢慢适应，但不要像在一起的时候那样对对方，因为回不去了，付出的再多，也无济于事。

真的不是每个人，都值得你对他好。

亲爱的，凭什么你处处容忍，别人却不止一次地挑战你的底线；凭什么你默默地等待，换来的却是一份冷漠和旁观。其实，对别人好不好，只是看自己的心，没有确定的标准，不要处处为难自己。

不要对不怀好意的人心软，你该做的只是在他哭的时候，不要笑，而没必要去嘘寒问暖，不是每个人都会理解那是善意的，想象力是可怕的，它可以把一切美好的东西扭曲，更何况，你又不确定那个人是否领情，又何必自讨没趣呢？

说这么多，只是希望每个人都能对自己好一点儿，不要总是为别人考虑很多，真的不是每个人都会做到，你对他好，他就对你好。

真的不是做个好人就会有好报，愿你不要因为自己的善良，而对这个世界失去了警惕。

你要明白：不是所有人都值得你掏心掏肺，不是所有人都值得你为他付出或流泪；不是所有人都值得你视他如命。

你要明白：拒绝这回事，越果断越好。无法回应的感情，就从一开始断了对方的念头，如果确信做不到那就连希望都不要给。

很多时候我们都害怕拒绝别人，觉得这是一种伤害。其实不是，快刀才能斩乱麻，不吊着别人其实就是最大的善良。

当然了，保持警惕并不是要你失去善良。

愿你永远有可以相信的人，可以相信的感情，愿你依旧能够相信善良的存在，你要开朗，要坚韧，要温暖地活着。

# 真正属于你的，永远都不会错过

金牛座是十二星座当中最为物质性的星座，他总是将世界上的许多情感理解为一种物质方面的交流。

金牛座是十二星座当中最擅长理财的一个，也是最害怕失去的一个星座。

由于金牛座总是觉得，只有事业上的成功才能让自己活得更有价值，所以，他们总是特别怀念自己功成名就的那段日子，并且一直以此来鼓励自己，希望重新找到当年的辉煌。在金牛的心目中，感情和财富一样，不容有失。

没有不可治愈的伤痛，没有不能结束的沉沦，
所有失去的，会以另一种方式归来。

你永远不知道你能有多爱一个人，直到你眼睁睁地看着他去爱了别人，那时候你才知道嫉妒是一件有多恶心的事。所有那些能找回的东西，你从没丢失过；那些丢失了的东西，或许你从未真正拥有。

有些事，等失去了，才知道珍惜，但有些事，只有失去了，才知道不值得珍惜。

也许一个人，要走过很多的路，经历过生命中无数突如其来的繁华和苍凉后，才会变得成熟。

从哪一天起，有些人已不再联系，熟悉渐渐被陌生取代；

从哪一天起，越是遥远的记忆越想回去，对明天却不那么期待；

从哪一天起，翻阅美丽的曾经，嘴角总是留着浅浅的微笑，但却很冷。

但无论心情怎样，都要面带微笑，不要太把一个人放在心

上，不要太把一段回忆锁在眼前，因为挫折经历得太少，所以才把一些琐碎的小事看得很重要；因为看不清现在，所以才会到过去里去拉扯。

关于熟悉的、关于陌生的过去，剩下了两个字“曾经”，人走茶凉，曾经也不再温热，只是已经发生过了，就不必着急遗忘，因为时间终将替你遗忘。

别再为错过了什么而懊悔，你错过了人和事，别人才有机会遇见，别人错过了，你才有机会拥有。人人都会错过，人人都曾经错过，真正属于你的，永远不会错过。

假如你想要一件东西，就放它走，它若能回来找你，就永远属于你。它若不回来，那根本就不是你的。

当看破一切的时候，才知道，原来失去比拥有更踏实。有些痛，忍忍就过了；有些麻烦，忍忍就解决了；有些话，忍忍就不想说了；有些爱，忍忍就不想爱了；有些人，忍忍就不想等了。

你的努力，别人不一定放在眼里，你不努力，别人一定放在心里。

很多美好的东西，都是等来的，不是抢来的，而等待需要耐心。失去耐心之时，也是我们与幸福擦肩而过的时候。

但凡有耐心的人，往往能笑到最后。

所以你要学会享受生活中每一件小事情，因为有一天你回首从前，会发现这些其实都很重要。

有时候，直到一些珍贵的时刻成为了回忆，你才会真正意识到它的价值所在。

你要记住，真正爱你的人，是要和你走到未来的。因为真正的爱情，不是某一个时刻的承诺和表白，而是之后一起走过的岁月；真正的缘分，并非是冥冥注定的安排，而是两个人彼此认定的决心。

若是有缘，时间空间都不是距离；若是无缘，终日相聚也无法会意。

人们说，直到失去了你才会知道拥有过什么。事实上，你一直知道你拥有什么，只是你以为你永远不会失去它。

人，一简单就快乐，但快乐的人寥寥无几；一复杂就痛苦，而痛苦的人始终熙熙攘攘。

其实痛苦和快乐都是自己选择的。有时候，上天没有给你想要的，不是因为你不配，而是你值得拥有更好的。

一些该拿起的要拿起，一些该舍弃的要舍弃。因为，只有让该结束的结束了，该开始的才会开始。生活中大半的麻烦是由于你思前想后，不够果断。

你会发现，生活其实就像一架钢琴，白键是快乐，黑键是悲伤。但是你要记住，只有黑白键的合奏才能弹出美妙的音乐。

若不尝试着做些能力之外的事，你就永远不会成长。

如果不曾拥有，怎知道失去是痛苦或是释然的呢？凡事都有双面性，只是要看自己的心偏向哪一端。习惯失去的人会知道，一切的结束不过是为了重新拥有。

愿你依然善良，并且有爱心，愿你不再忽略那些疼爱你的人，也别再执着地疼爱着那些忽略你的人。

你要记住，不论你的生活如何卑微，你都要面对它生活，不要躲避它，更别用恶言咒骂它。

很多事，只有亲身经历才会理解，一如情感，错过了，遗憾了，才晓得生活其实不需要这么多无谓的执着。

# 成长的第一步，是要熟悉失望

金牛座有敏锐的感官，内心怀有各种欲望。喜欢舒适平和的生活环境。从消极的意义上看，这种敏锐的背后还隐藏着多疑多虑、嫉妒、悲观失望、沉默寡言、阴郁孤僻的性格特点。

金牛座很难改变自己的观念，常常陷入一种消极情绪中无法自拔，尤其是对一个人、一件事，甚至自己失望的时候。

我就是那种什么事都往坏处想的人，
提前失望总好过突然失望。

每个人都会经历一些措手不及又让人无可奈何的痛楚，上天为我们安排这些磨难与挫折并不是想考验我们能否一笑而过原地复活，太多的经历我们都不可能一觉之后便从容面对，这些磨难的安排其实是让你学会去承受痛楚，学会在困境中安然成长，学会在逆风中继续前行，它需要你做的只是走过去，既不丢盔卸甲又不强颜欢笑地一步步安然地走过去。

你要记住，把伤口当成秘密的，只会越藏越伤。把不堪当成笑话，才会越来越强。

我知道你总是想让自己坚强些再坚强些，可成长过程中的痛楚是源源不断的，这样的你有时会让痛楚加倍，更是对自己的残忍，有一天会不堪重负地跌倒在地上。

内心再强大的人，也会有不堪一击的那一刻，再坚强的人，也都有过一段脆弱的时光。

长大后的你要学会接受自己的脆弱和不堪，会流泪，会失望，允许自己懦弱，允许自己不知所措，放过那个一时软弱的自己，放过那个一时不堪的自己，给自己一点时间，给自己一些期限，你会在不知不觉中获得生命里最安静的坚强，最自然的坚韧。

当你安静地经历这一切之后，便会发现自己曾经受过伤的每一道伤疤都已成为了身体里最强壮的地方。

每个人在不同年龄段都有不堪承受的痛楚，不是因为你的懦弱，不是因为你不够坚强，只是因为你处在那个年龄段。对于那时的挫折和痛楚，你要学会的是接受和坦然面对，去承认自己的脆弱，接受自己的不堪，你要敞开心扉容纳它们，告诉自己，它们都是你生命里的一部分。

你要保持积极的心理，而不是不讲策略地与消极作斗争。

很多时候，越是抵抗消极情绪，消极的力量就越强大，越是排斥它越汹涌，越想逞强它越会击垮你。就像我们失眠时，越逼自己快点睡着就越是睡不着一样。

去接受消极，接受失望，接受不安、恐惧、焦虑，因为它们都是人生中必然存在的一部分，当一个人学会坦然地接受时，反而会很快得到释怀和解脱。

当你遇到无法抵挡的挫折时，请你告诉自己，想哭就哭，想睡就睡，你无须逼着自己坚强到无人能敌。这么做的结果多数是，你会比以往都恢复得更快，平静而坦然，没有任何强求，好起来，便是真的好起来了。

你要知道，成长的第一步，就是接受，接受失望和挫折。

很多问题，当时是找不到答案的，可只要过了一段时间，答案自然会出现，时间，可以解决很多问题，没有什么事情是时间不能解决的。

有些问题，既然当时不知答案，便不必苦苦追求，终究会有答案浮现在你的脑海里。

一个偏要提前出现的答案，不过是人的执念，只会徒增你的伤痛和迷茫。

我们都一样，经历着别人所不能代替的成长。有些伤痛只能自己默默扛着，但有一天，终会明白这一切存在的意义，会笑着感激曾经的苦痛与伤害。

别人没有体验过你的辛酸苦楚，便也收获不了你的快乐和幸福，你只须安然地承受和忍耐，终会收获属于自己的美好。

时常觉得人不属于动物，人的生命更像是季节。春夏秋冬，寒冷的冬天总会突然来到，让人猝不及防，可春天也一定会如期而至。

你明白吗，暖阳与和风，绿树和鸟鸣，花香与燕舞的春天一定会到来。

愿你一如既往地勇敢和坚强，去坦然地承受寒冬，去安静地等待暖春。

## 别急着相信，<br>也别害怕信任

金牛对待这个世界的态度是温暖而理性的，既不急着相信别人，也不害怕信任别人。

金牛往往把所有的事情都当成一种挑战，爱情、事业、友情、生活的各个角落他们都希望通过现象看透本质，希望从中获取一些能量及启发。

金牛座有很强的占有欲，但又很隐忍。喜欢的东西，尽管十分想要，但如果没机会，他依然会静静地看着它从自己身边离开，不强求。

信任就是一把刀，你给了别人，
别人就有两个选择，
捅你或者保护你。

有一种东西不可利用，那就是善良；有一种东西不可欺骗，那就是感情；有一种东西不可愚弄，那就是真诚。

有一种东西不可原谅，那就是背叛；有一种东西不可拯救，那就是绝望；有一种东西不可忘怀，那就是感恩。

做人要大大方方，要对得起别人的善良和信任。

人总要慢慢成熟，将这个浮华的世界看得更清楚，看穿伪装的真实，看清隐匿的虚假，也正因如此，很多原本相信的事便不再相信。

但是，你要相信，这个世界里美好总要多过阴暗，欢乐总要多过苦难，还有很多事，值得你一如既往地相信。

信任就是彼此百分之百地给予。就好像当你有很多自己喜欢的石头，而别人有很多糖果，你想要最甜的糖果，那你就需要把最大的、最好看的石头拿出来交换一样。

如果你不能给予别人百分之百的话，你总是会怀疑别人是否给予了你百分之百，拿出你百分之百的诚心，对待所有的人和事，然后睡个安稳觉吧。

虽然我们深知猜疑这东西最伤感情，可是还是会不断地忍不住地猜，疑心是对他人的不信任，对自己的不自信，对彼此的折磨，对感情的亵渎，这是一个心魔。

世界上没有对与错，只有因和果，当我们付诸百分之百的真诚去对待身边的人，不用去考虑他会以何种方式回报，静静地等待，所有的一切都会吸引而来。

多数情况下，你还是太年轻，对这个世界的理解带着盲目的信任或者盲目的不信任。

其实，信任就像一张纸，有了褶皱后，不管你怎样努力去抚平，都恢复不到原样了，所以永远不要试图去欺骗别人，因为你能骗到的，都是相信你的人。

无论是友情还是爱情，都是易碎品，一旦出现过裂缝，便很难恢复原貌；不论是谁对不起谁，那裂缝都如同双面刃，一面伤人一面伤己。

彼此在乎的两个人，不会输给外貌、距离、贫富，不会输给身高、年龄，不会输给别人的流言蜚语，不会输给别人的挑剔和拆穿，只会输给不珍惜，败给不努力，以及不信任。

这里所说的信任，是如婴儿对抱他在怀的母亲的信任，可以安心地把一切交给她，而从来不知道担心是什么。

当然了，信任需要努力才能换来，需要真心才能拥有。所以对于不属于自己的东西，别要；不是真心给予的东西，别稀罕。

被分手了，不要去问原因要答案，因为永远问不到真相；即使真的被误会，也已经没必要解释了，对你不信任的人，何必留恋呢？

你要知道，外貌只决定有没有可能在一起，性格只决定适不适合在一起，物质只决定能不能稳定地在一起，而信任决定了能不能长久地在一起 。

不要因为寂寞爱错人，更不要因为爱错人而寂寞一生，尝试信任才能得到幸福。

信任一个人有时需要许多年的时间。因此，有些人甚至终其一生也没有真正信任过任何一个人，倘若你只信任那些能够讨你欢心的人，那是毫无意义的。

来来往往的皆是过客，相伴同行的才是真伙伴。一生中遇到的人会有很多，而对你真心的却没有几个。

你要明白，懂你的无须多言，不懂你的说再多都是白费。所有真心的伴侣，彼此间都会有一份笃定不移的信任。

倘若你信任你所见到的每一个人，那你就是一个傻瓜；倘若你毫不犹疑、匆匆忙忙地去信任一个人，那你就可能也会那么快地被你所信任的那个人背弃；倘若你只是出于某种肤浅的需要去信任一个人，那么接踵而来的可能就是恼人的猜忌和背叛；但倘若你迟迟不敢去信任一个值得你信任的人，那永远不能获得爱的甘甜和人间的温暖，你的一生也将会因此而黯淡无光。

第二辑

# 愿你依然敢爱，如命中注定

金牛对待爱情的态度从来都是细水长流，讲究平平淡淡才是真。你开心，他陪你大笑；你难过，他给你拥抱。金牛崇尚的是点滴见真情。

金牛的脑子里就一根筋，对你好、对你好、无限对你好，没有甜言蜜语，没有惊喜感动，但是那种好通过日积月累渗透进骨子里，会让你没了还想要，并且谁也代替不了。

## 任何为人称道的美丽，
## 都不及第一次
## 相遇时的你

金牛座会记得初遇时的每一个细节，但绝不因为初遇美好而一见钟情。这倒不是说一见钟情有多荒谬，只是金牛座在感情的世界实在输不起。

即使有一时的心动，金牛也会理性地把这种激动的情绪压制下去，至少会不露声色地隐藏起来。然后用时间来证明自己的判断，是否真的适合，是不是在瞬间的惊叹过后，感情会继续升温，而不是冷却成冰。

你知道，喜欢一个人的好处在哪儿吗？
就是他对你的一切都像是礼物。
连聊天的时候看到“正在输入中”都觉得是暗藏的惊喜。

某年某月某日，你看了他一眼，并不深刻。某年某月某日，意外和他相识，无关心动。怎知日子一久，他就停在你心上。

从此以后，任何为人称道的美丽，都不及第一次相遇时的那个人。

所谓的幸福，从来都是水到渠成的。它无法预估，更没有办法计算，唯一能做的是：在遇见之前保持相信，在相遇之后寂静享用。

宁可怀着有所期待的心等待下去，也不愿去对岁月妥协。因为相信幸福也许会迟到，但不会缺席。

你觉得那个人什么都好，你觉得自己是上天的幸运儿，因为能够遇见他。你觉得你一生之中最幸运的两件事情，一件是时间都无法将你对他的爱消耗殆尽，而另一件事，就是在很久很久前的一天，你遇见他。

他规划的未来里，你都在；你期盼的未来里，都有他。他看你眼神中满满的都是温柔，当他摸摸你的头的时候就好像春天的阳光，懒懒的，暖暖的，照得你的脸痒痒的。但是你一点都不想用树叶遮挡。

他和你在一起，不说话的时候，你也会偷偷地笑，却也说不出个缘由。

是他让你知道，原来这世间所有的相遇都是蓄谋已久，但你深知，失去会是毫无预兆的，有些人转身就是陌路，离开就是后会无期。所以你懂得珍惜，你懂得宽容。

一段感情的开始，便是生命中注定的缘分。不然，茫茫人海为什么偏偏让你遇到他。

你满心欢喜地享受着跟他在一起的每一天，因为你知道，能够被温暖的心感动着，牵挂着，这样一种相遇，就应该好好珍惜。

你明白，生命中的爱不是等自己有空了才去珍惜，因为每一次相遇都是缘分，为了这个缘分，你会很努力地去适应对方。

在这繁华世界，人来人往，你能握住的只是身边那双平凡的手，若你懂得了彼此的可贵，便也安心了这样的相遇。

每个人的生命里，都会遇到不少人，有哪些才是真正懂你的人？与其众里寻他千百度，不如疼惜眼前人。

有些人一生中能遇到五十万人，有些人能遇到十万人，但也许你只要遇到一个真心疼你、不会离开你的人，那就够了。

初遇如美好的梦，像美妙的诗，是可遇不可求的。它总是在不经意的时刻出现，又在不经意的时候消失，让人无限思念和留恋。但愿你和他，能够如初见美好，能够再见依然。

春天会下雪，夏天有大雨，秋天会起风，冬天有太阳，一年四季总会遇见很多意外，但是最迷人的，还是遇见那个人。

遇见了他，是你一生最美丽的意外。但你也要记住，真正的感情是根本不需要追的。不要动不动就耍脾气，没有人是生来就爱你的，你也要爱他疼他才能巩固这份感情。

你可以生气，但不要因为一点小事就升级到与他分手的地步。他可以承受你给他的烦恼，但是不能承受你经常无厘头的吵闹。

你和他在逆流的人群里擦肩，涉足了太多入世未深却要遭受的磨难，直到在路的尽头才再次与他相遇。

四目对视下，你要载着这一路的雨雪风霜拥抱他，你的下巴会沾上他肩膀的灰尘，他的下巴会感受到你头发里暖暖的风，而两颗心在互相打闹着说，能遇见，真好。

你我都曾希望在最好的年华遇见一个人，但你要知道，往往是你遇见了一个人，才迎来了最好的年华。

愿你能做一个明媚的人，不倾城，不倾国，只倾其所有地去爱。

# 我来到这个世界，就是为了与你相遇

金牛座嘴上说得都那么潇洒，却终究敌不过自己内心的脆弱。他们像孩子一样缺乏安全感，偶尔会哭得撕心裂肺，无法向别人（尤其是自己很亲的人）表达自己内心的惶恐不安。

金牛偶尔会因为一点小事而开心得没心没肺，也会将自己的细微快乐与所有人分享。

金牛们把阳光给了大家，却把悲伤留给了自己。

我本来打算告诉你，
当你不在我身边的时候，
我遇到的所有糟糕事情。
但最后，我只想告诉你，我很想你。

世界很粗糙，岁月也不温柔，你们曾是两个淋透了雨的人，都没有伞，慌慌张张躲进了同一个屋檐。碰巧发现彼此有同样的目的地，于是有勇气并肩一起，散步淋雨。那一路多开心，因为舍不得再见，所以宁愿人间的风雨别停，天别晴 。

而今你终于明白，在相遇之前，你也许喜欢过别人，但那个人并没有喜欢你，又或是别人喜欢你，你却不喜欢那个人。可最后为什么会是你和现在的他呢?

原来，那些人都只是为了恭迎这个他的出场。你们的相逢中，天意常在，如同命中注定。

一只蝴蝶是小的、轻的、微不足道的，和花朵加在一起，就大了、重了，成了春天的最爱。

一棵草是小的、轻的、微不足道的，和马加在一起，就大了、重了，成了大地的最爱。

一个你是小的、轻的、微不足道的，和他加在一起，就大了、重了，成了岁月的最爱。

想念一个人，不一定要听到他的声音。听到了他的声音，也许就是另一回事。想象中的一切，往往比现实稍微美好一点。想念中的那个人，也比现实稍微温暖一点。

想念好像是很遥远的一回事，有时却偏偏比现实亲近一点。

想念，无时无刻不在蔓延。你看见天空的飞鸟，会想他；你看见地上的云影，会想他；你看到雨中的花瓣，还是会想他。

想念一个人，是对即将见面的美好期待；想念一个人，是紧张的学习、工作之余的莞尔一笑；想念一个人，是读到一段忧伤文字的莫名感伤；想念一个人，是阴霾天气里冲着天空展开的笑颜；想念一个人，是打开手机查看他相片的甜蜜心情。

此刻，你在想谁？会不会在内心兵荒马乱的时候，一想到他，便觉得世界温柔安定了起来？

情到深处时，人们总免不了问一句：“为什么要让我遇到你？”是啊，假如没有相遇，你也只是那“一粒平凡的尘土”，每天为了生活忙忙碌碌，淹没在茫茫人海中。因为相遇，一切开始改变，有了责任和担当，有了喜悦和痛苦。

原来，所有相遇前的千回百转，为的是来到世上，遇到那个懂你的人；所有的过往，都值得我们珍惜；所有的经历，都是一种懂得，懂得，是生命中最美的缘。

你要去相信，这世界上，有一种相遇，不是在路上，而是在心里；有一种感情，不是朝夕厮守，却是默默相伴；有一种语言，不必出声，却字字心声；有一声思念，无关距离，却可以沧海桑田；有一种惦念，无形，却是心灵与心灵的交融。

自此，他成了你童话里的王子，你在每一个晨起念他，就像在天亮前想念晓露；你在每一个黄昏想他，就像在天黑前想念星斗。

你遇上一个人，你爱他多一点，那么，你终究会失去他。然后，你遇上另一个，他爱你多一点，那么，你早晚会离开他。

直到一天，你遇到一个人，你们彼此相爱。终于你明白，所有的寻觅，都有一个过程。从前在天涯，而今是咫尺。

从前，你的生命是一条直线，后来转弯了，只是为了与他相遇。

世界真的很大，好像一转身，就不知道谁会消失；世界也真的很小，好像一转身，就能与他相遇。

原来，真正的爱情是没有猜测、没有忌讳，不置一言，就安稳、快乐和平静。

生命中遇到的每一个人都是有理由的，之前所有的错失与遗憾，都只是为了遇到最终那个对的人。他就像是上天派来的天使，在你最无助时出现，然后带你走上一段美好的爱的旅程。

愿你所爱之人正好也爱你，愿你所想之人正好来到你身旁。

# 因为爱你，
# 所以看谁都像情敌

在爱情中，金牛座崇尚真实、理性。他温柔，有暖意，能制造令人舍不得离开的温馨气氛，使他成为最棒的恋人。

金牛对于伤害总是过分担心，因此会出现自我保护的提防状态。他往往多疑且不易相信别人。

金牛座应致力于培养开阔的心胸，同时避免在解决人或事的问题时产生妒忌心理。

“我爱你”的意思就是
从现在起你已经具备了伤害我的能力，
以及不好意思，我看谁都像情敌。

你天性不善于交际，在多数场合，你不是觉得对方乏味，就是害怕对方觉得你乏味，可是你既不愿忍受对方的乏味，也不愿费劲使自己显得有趣，那都太累了，所以你觉得独处时最轻松，因为你不觉得自己乏味，即使乏味也自己承受，不累及他人，无须感到不安。

但这一切都变了，就在你爱上一个人的时候开始。

如果你不爱他，你就不会思念他，你就不会妒忌他身边的异性，你也不会失去自信心和斗志，你更不会痛苦。甚至有时候，你也会自我对话：“如果我能够不爱你，那该多好。”

但是，爱一个人时间长了，就会发现自己已经不是原来的自己了。慢慢你会发现，无论自己做什么事情，隐隐约约都会有他的影子。

你爱他，并不是因为他属于你爱的类型，而是因为你爱他，只是爱他这么一个人。于是，一直很大方的你，因为他的到来，突然变得好小气。

你小气的时候也很可爱，可是你自己却是伤心的。你小气到受不了他对别人好，小气到受不了别人对他好，然后暗自难过。

你自己也承认自己是个小气鬼，可是你真的好想知道，在他的世界里，你到底有多重要。

可是谁又不是如此呢？应该没有人可以大大方方地和别人分享自己的恋人，每个人都希望内心可以保有一些只有两个人知道的爱情小秘密。

在爱情里人们变得小气而自私，只是希望自己是恋人心中最重要、最特别的那个人。这样的小气和自私，其实是一种在乎和重视。

但愿岁月能原谅你强烈的占有欲，但愿你爱的人能理解你有感情洁癖，因为你爱他，所以你看谁都像情敌。

你想念遇见他的那个雨天，也想念和他在一起撑伞走过的雪天，以及无数个平平常常的晴天。

因为他，你觉得这个世界美好无比。

晴时满树花开，雨天一湖涟漪，阳光席卷城市，微风穿越指间，入夜每个电台播放的情歌，沿途每条山路铺开的影子，全部是他不经意写的一字一句，留给你年复一年地去朗读。

小时候，以为爱情就是一起看电影，压马路，打游戏，凑在一起，说某个老师的坏话。到了长大以后才发现，原来爱情牵扯到的，是相处，是相见时说几句情话，是睡觉前说几句蜜语。

于是你也明白了，爱情不是一种虚荣，要拿出来在众人面前炫耀；爱情不是一件美丽的衣裳，要穿在外面给大家欣赏；爱情不是一项任务，要对亲朋好友有个交代。

爱情其实是一种心态，一种相处得很舒服的感觉。就像在一个春天的午后，你能像蝴蝶一样，安睡在一朵花里。

不爱一个人，可以有一万个理由逃避责任、

逃避对未知生活的恐惧，但爱一个人，只有一个目标：想跟对方在一起，只是想在一起，就那么简单。

你想要去有他的未来，不管要面对多少困难。如果那儿没有他，你会觉得自己的未来毫无意义。

相爱的方法有千万种，但最好的方法只有一种：那就是他也对你好，并且只对你好。

不知道是对是错，不管它是对是错，也不必在乎用哪种方法，你只想和他在一起，一起等太阳出来。没有水，他就是你的水，没有粮食，他就是你的粮食，你们自始至终信仰同样的目标，热爱同一种命运，因为啊，你爱着他。

愿你能遇见那个人，那个能让你不用再咬着牙逞强，憋着泪倔强，忍着疼痛去爱的人。

# 如果没有你，情歌也荒芜

金牛可能反应比较慢，却有自己对待感情的方式，不喜欢总是在爱情里比较谁的付出更多。

在冷战之前，金牛的口头禅一般是“你说了这么多，跟我有什么关系?”

金牛座能和一个人正大光明地在一起，就是爱这个人的最好证明。

自从遇见你的那天起，
我所做的每一件事，
都是为了靠近你。

你知道什么叫意外吗？就是你从没想过会遇见他，但你遇见了，你从没想过会爱他，但你爱了。

天因他而蓝，水因他而绿，你因他而痴，因他而醉。遇到了他，你心里的每一个空缺都是他。

在没有遇见他之前，你一个人生活得很好，你该吃饭时吃饭，该睡觉时睡觉，你有你的朋友，你也不会觉得无聊。

在那个人未曾到过的那些岁月里，你一个人看书，一个人做饭，一个人风里来雨里去，一个人好好照顾着自己。

许多的事情，这样坚持坚持就过来了，你也会在晚上大哭，却仍在早上笑着出门，因为你不知道明天会有怎样的惊喜，说不定转角就能遇见他。

你也走过了很多的路，遇到了许多的人，但你一直在等他。

等待的日子总是很漫长，有时候甚至会将别人错认成了对的人，你也会跌倒了再爬起，流泪了自己擦去。

你在心里默默地告诉自己，爱情值得耐心地等待，或许那个对的人此时正在跋山涉水来这里。

终于，在阳光灿烂的那天，你遇见了他，风还是一样的吹，花还是一样的开，太阳还是一样的升起，可是有些事情已经变得不一样了。你的心底，开始泛起朵朵涟漪。

在遇见他的时候，你并不孤独，你只是已经准备好去爱一个人了。或许他并没有你想象的那么优秀，可是正因如此，他恰好成了你生命中必不可少的人。

遇到了他，有了他，于是你从此也有了一份牵挂。

多少次，你傻傻地想着，能够在他的手心系一根绳子该有多好，无论他走了多远，无论他在哪里，你都会真真切切地感觉到他。

爱情之美，不需要花开至极。淡淡的，一树白，一树粉，风来幽香，雨来瓣落，顺其自然地散发着魅力。

也许，绽放是最简单的表达，无须语言，细细品味之时，心已经是暖暖的；也许，无须妆扮，素素的样子，低眉颔首最是浪漫。

他成了最懂你的人，也是你最大的幸福。这个人，不一定十全十美，但他能读懂你，能走进你的心灵深处，能看懂你心里的一切。最懂你的人，总是会一直地在你身边，默默守护你，不让你受一点点的委屈。真正爱你的人不会说许多爱你的话，却会做许多爱你的事。

幸福是什么？幸福就是牵着一双想牵的手，一起走过繁华喧嚣，一起守候寂寞孤独，就是陪着一个想陪的人。

生活中总有那么一个人，是你的想念，是你的温暖。深埋于心底，只要想到，就觉得温暖踏实。找不到理由忘记，因为情不自禁；找不到借口放弃，因为刻骨铭心。

无法代替，因为生命的痕迹里，有你，也有他。现在发现，能爱的没有别人，只有他。

游走在我们身边的人，也许都在等候一种领悟，等候适当的时光再遇，时间对了，你便会爱上他，幸好，你们今生还是遇上了。

和最爱的人一起行走，即使总有一天一起老去不再年轻，那些你眼中的他，他眼中的你，却能定格在彼此的心里，永远不会褪色。

手牵手，把这世界走完。

深爱过的一个人，听到他说过的话，走到曾走过的街，看到像他的身影，听到他喜欢的歌，听到关于他的消息，哪怕是看到他名字里的一个字儿，心里都会咯噔一下。感情就是这么美妙。

人这一生总会爱上那么一个人，他可能并没有多好，你只是刚好就喜欢那几分好。他的一分关心让你放弃了十分的甜言蜜语，一分坦诚放弃十分信誓旦旦，再加一分在意便让你像得到了全世界。这叫偏爱。

因为偏爱，所以一意孤行。没有理由，只因你灵魂缺失的一角只有他能补全。

# 耀眼的人很多，
# 可闪到我的只有你一个

有人说，金牛很冷，那是因为外人并不知道他们内心热情似火；有人说，金牛很绝情，那是你们不知道金牛绝情的下一秒是撕心裂肺的心痛；有人说，金牛不愿相信人，那一定是因为你曾欺骗过金牛吧。

别以为金牛是刺猬，其实金牛也有软弱的时候，只是金牛习惯戴着伪装的面具，坚强地生活着罢了。

对待感情，金牛也是专一又长情，温柔又有耐心。

很多时候，
我对一个人的喜欢就像是兜里揣着一块糖，
想跟别人显摆，又不想给别人吃。

不好的爱情让人变成疯子，好的爱情让人变成傻子，最好的爱情让人变成孩子。

恋爱有时是件降低智商的事，却让多少人傻傻地乐此不疲。

所以就算这世界上耀眼的人很多，但能够闪到你的，就只有他一个。

在你眼里，他是世间最美的风景，他是无垠宇宙中最耀眼的星芒，他是夏夜里伴随月光缓缓而来的风信子，他是冬日里雪花纷飞下温暖无比的花火。

在遇见他之前，你希望你的爱情是这样的，相濡以沫，举案齐眉，平淡如水。你在茫茫人海中找到他，依靠他，将一生交付给他。也许将来，你还要做他的妻子，他孩子的母亲，为他做饭，洗衣服，缝一颗掉了的纽扣。然后，你们一起在时光中变老。

别以为这是多么平凡无奇的事，傻孩子们，越简单的才越长久。

真正好的爱情，就是“不费力”。不需要刻意讨好、努力经营，两个人已是顺其自然的舒服。

这种舒服的状态会体现在很多方面。

比如你希望起身时，他会轻轻帮你掸掉衣服上不容易发现的灰尘；你希望写字时，手边的茶杯里茶水的温度一直是你最喜欢的；你希望沉默时，他在身边一言不发你们却不觉得尴尬。

你还希望买的鞋子是他渴望的颜色；你希望拨通他电话时，他恰好也想到你；你希望说早安时他刚好起床；你希望关灯时他正泛起困意；你希望买的水果他永远觉得是甜的；你希望点的每首歌都是他想唱的……

如此多的希望，琐碎零散，每个都不同，但每个都平凡而美好。

他不开心的时候，你陪着他东拉西扯地聊天；你哭泣的时候，他陪着你给你安慰；他心情很不爽的时候，你陪着他疏导或发泄；你不想回家的时候，他陪你漫无目的地走……

无论怎样，你都愿意在他身边，只因为他是你最爱的人。即使不说话，也感觉安心。

爱一个人有很多不同的方法。有的是用嘴巴说出来，重复地去说“我爱你”；有的是用态度来爱，撒娇、发脾气、折腾；还有一种是怎么都不愿说“我爱你”，但就是关心、守护。

自从遇见了他，谁你都不放在眼里；自从喜欢上他，谁都别想进你心里。

原来，心怀挚爱的，才走不成陌路。人间万般情，但凡能重逢的，都是因为“不舍得”。

有一万个可以离开的理由，最终却为仅有的一个理由留下，那是“我爱你”。

就算他的星星都换了方位，但北极星依然会在原地，就算别人都不了解你，甚至离开你，只要他守在原地，你就不会迷路。

能够慢慢培养的不是爱情，而是习惯；能够随着时间得到的不是感情，而是感动。

如果爱上一个人，请不要炫耀，也不要宣扬，只管安安静静地去爱。因为恋爱是自己的事情，别人不可能懂你的感情，也不可能感同身受你的激动。千万不要因为虚荣心而炫耀。晒恩爱的结局往往都不太好。

其实最好的爱情，无非是几十年风轻云淡地在一起。因为，时间才是爱情最好的证明。

我们穷尽一生的时光去寻觅自己所爱的人，本来就是上帝赐予我们的天职。

在寻找的过程中，纵使有多少的失望和伤痛，也同样有恩爱深情。两个孤单的灵魂，合二为一。

你要明白，爱情从来都不是寻觅，而是守护。

生命不过三万天，转眼就是一辈子。不知来生还能不能遇到你，所以要用一生一世的时间，诉说一段“不后悔”的遇见。

不敢祝愿你得到所有你想得到的东西，只愿你终于得到的东西能够不再失去。

# 说爱你的人不一定能等你，但等你的人一定很爱你

金牛座的人一般都不是急性子，他们缓慢地向对方表现自己的感情。这种感情强烈、深厚、长久，他们是忠实的朋友和情人。

在爱情中，金牛勇于奉献、忠于感情。一旦关系发展起来，他们需要稳定、持久，他们通常都不会轻易放弃对感情的依恋，他们欣赏用物质的形式表达爱，也懂得回报对方，礼尚往来。

最美好的事不过是，
你突如其来地给我一个拥抱，
人潮拥挤，
你自然而然地牵起我的手。

你爱他，但你不想说给他听，因为你怕说出口的爱就失掉了它的暖意，你怕爱会冻僵在说出口的那一瞬间。

你爱他，但你不想说给他听，因为那些淡淡的爱意，取自于你的心，流经你的手，所以你宁可牵着他不停地在走，也不愿再多说什么。因为你知道，时间会让深的东西越来越深，让浅的东西越来越浅。

你也曾经对爱似懂非懂，总以为爱很简单，很纯粹。心里默默爱一个人，希望每天听到他的声音，希望天天依偎在他身边，希望和他分享快乐、甜蜜，希望嫁了他之后，一睁眼他就在身旁。

年少时总是认为：只要你爱那个人，有什么不可能的呢？只要彼此相爱，就能幸福地走进婚姻礼堂。可当你数完有多少人曾说爱你，再算算多少人又真的陪了你很久之后，你终于明白：真爱不该用嘴表达，时间会告诉你真相。

你要知道，一下子可以得到的真心，往往都不算太真。因为每个人的心，都如同洋葱一样，被层层包裹起来。你想得到，总是要花时间，并且伴随着眼泪和痛苦。所以啊，别相信瞬息间爱上你的人，那都是一时的情绪而已。

真正爱你的人，都是为你哭过、伤过和幸福过的。

一生只有一次表达真爱的机会，如果真是这样，你敢对你的另一半许下这个誓言吗？

你敢不敢牵了他的手，便和他一起一生走下去？你敢不敢在亲吻他之后，便学会不再跟其他人暧昧？

如果没有办法，那就不用轻易去拨动他的心。

因为，有时候你的一句简单的小情话，足以让他开心一个下午；有时候你一个不经意的承诺，他却惦记了好几年。

你的一句晚安，是他安心入睡的魔法；你

的一个拥抱，便足以温暖他孤寂的心。

其实，爱就是两个人在一起，无论贫穷还是富贵，生老还是病死，天灾还是人祸，都不离不弃地厮守，直到永远。

所以，当说出“我爱你”这三个字时，你是否做好准备了？你是否有足够的勇气和顽强的毅力去承担对方的一生？

即使不要你承诺爱一辈子，却也不能转瞬即变吧，如果如此善变，这个“爱”字还有何意义？其实就是亵渎了这个神圣的字眼！

谁能确定人的一生会有几次爱呢？人的一生又能禁得起几次真正的爱呢？

原来岁月并不是真的逝去，它只是从我们的眼前消失，却转过来躲在我们心里，然后再慢慢地改变我们的容颜，替我们做出最好的选择和最公正的裁决。

在爱情没开始之前，你永远想象不到那样痴迷地去爱一个人。在爱情没结束以前，你永远想象不出那样的爱也会消失。在爱情被忘却之前，你永远想象不出那样刻骨铭心的爱，也只会留下淡淡的痕迹，随风飘向远方……

请你记住，说爱你的人不一定等得起你，但等你的人一定很爱你。

愿你最终能遇到这样一个人，当你看见他的时候就想赖着他，当你看不见他的时候心里就念着他，什么目的都没有，你就是愿意如此单纯地爱这个人。

即便四季更迭，沧海桑田，不变的是手心里的温度，不变的是身边的面容。

# 你敢天长，我就敢地久

金牛座属于慢热型，会花一段时间去适应一份感情，适应之后又很少会改变。

金牛要是说想你了，你一定要相信！对于金牛来说，这可不是简简单单的几个字，这是他经过“我发出去会不会显得太主动”“我是不是应该忍住”“万一我说了他不以为然呢”等一系列心理活动之后才下定决心告诉你的。

珍惜金牛的情话，没准一辈子就能听见一回。

只要你敢把往后的幸福都搁我身上赌，
我就敢豁了命陪你到最后，不让你输。

你爱着他，嘴里含着他送的一颗巧克力，久久的，它化了，品味着，它的浓香苦涩。爱一个人的深意，只在味道里琢磨，而味道深处，说不清是什么在蛊惑人心。

你爱着他，相片里触景生情的老地方太多，想象一下，当你和他在老树枯藤旁静坐的时刻，耳鬓厮磨。

你爱着他，今生今世想要做的事情太多，但无论身处何地，心里装着爱的四季，才最是有形有色。

因为你这样爱着一个人，所以你逐渐有了勇气和担当，有勇气去想象未来，有担当去让自己变得更好，更有趣，更健康，更懂爱。

再好的缘分也经不起敷衍，再深的感情也需要珍惜眼前。

被爱的时候，我们都渴望长久，可是如果每个人都在放弃，哪里还有天长地久？

歌可以单曲循环，人不能错过再现；情可以平平淡淡，心不能视而不见。

其实在这个世上，能把你放在心上的人并不多。懂得善待才能相守，珍惜当下才配拥有。

你要明白，爱不是占有，而是付出，是成全。你若天长，他才会地久，你若不留，他自然也会放手。

事实是，这个世界上的很多“问题”，恰恰是“爱”引起的。“爱”这种情绪，一旦横冲直撞起来，一意孤行起来，结果往往是鸡犬不宁。

你会逐渐明白：爱原来是一种激烈的迸发，就好像精卫填海、夸父逐日，要的就是这种义无反顾，壮烈地前进。

也许有一天，你爱的他会对你说：“天黑了，我要光。”于是你便“噗”的一声，烧了自己，仅余下一声沉重的叹息，便化作英勇的火炬。

人在旅途，肯陪你一程的人很多，能陪你一生的人却很少。

在乎你的，是否善待？你在乎的，是否存在？

感情中最难得的，是始终如一的关爱；能一直陪你到最后的，才是最长情的告白。

缘分，牵引了两个人；懂得，眷恋了两颗心。

世界之大，能相逢的人不多；人海茫茫，能相知的心很少。

心其实很小很小，装一份爱足够；时间其实很少很少，陪一个人就好。

最真的爱，是心无旁骛；最深的情，是一心一意。

不要忽视身边看似平凡的拥有，更不要等到失去了，才知道什么是怀念。

水深而无声，情真而无语。无声无息的陪伴，值得用一生去善待，去信赖。

感情不需要诺言、协议与条件。它只需要两个人：一个能够信任的人，一个愿意理解的人。

如果有人真爱你，那他无论忍受多少，都不会愿意跟你分开。那种嘴上说爱，其实离你越来越远的，不过是谎言；那种满嘴真爱，其实一点亏都不肯吃的，无非是路过。

真爱，就是奔结果去的。没结果的，只能叫曾爱过。

无论你爱过谁，结果只有一个。而陪你到最后的，才是真爱。

我们平凡人所能经历的最大的勇敢，也许是，失恋后，仍能相信爱；被讹诈后，仍能继续帮助人；受骗后，仍然能相信人。

愿你此生的爱情是一种从内心发出的关心和照顾，没有华丽的言语，没有哗众取宠的行动，只有在点点滴滴一言一行中你能感受得到，那样平实，那样坚定。

第三辑

# 喜欢和陌生人谈心，却和最爱的人争吵

金牛座生了气死不承认，非说没生气，但说起话来，就爱搭不理的；和陌生人能轻松地打招呼，然而要成为朋友，计时器是从“半年”开始计数；跟熟悉的人在一起说话很直接，什么都敢说，一点含蓄都没有，往往让熟人无语；挑毛病的本事绝对无人能及。

金牛座也是脆弱的一族，却不会让别人看到自己的脆弱，甚至对最好的朋友也如此。有时候他宁愿拉着一个陌生人倾诉，因为陌生人听完就不会再记得那是谁的故事。倾诉完后，金牛座会继续撑起他们所谓的坚强的样子。

# 别在遇见更好的人时，用完了最好的自己

明明已经被闻到满身酸溜溜的醋味也死不承认，并且还特别爱吃醋。金牛爱得深且专一，无法容忍对方的负心。

金牛座很顽固，也不知变通。凡事都“慢半拍”的个性，经常使其延误时机。

金牛表面冷漠，占有欲很强，个性上有柔弱的一面，不易亲近，也不轻易表露真心，更不随便与人交往。生性爱虚荣，看待事物常常带着怀疑的眼光，重感情与金钱。

当时的他是最好的他，后来的我是最好的我。
可是最好的我们之间，隔了一整个青春。
怎么奔跑也跨不过的青春，只好伸出手道别。

他喜欢喝白开水，碰巧你是瓶雪碧，你想成为他喜欢的，于是拼了命地晃走你身体里的二氧化碳，然后你看看自己像个什么，你只是瓶没了气的甜水而已。

你之前不是他所爱，现在依旧不是，而对于原先喜欢你的人来说，你已不是之前那种味道了。

很多时候，当我们遇见了更好的人时，却已用完了最好的自己。

最好的自己不是将来时，也不是一个祝愿。它是你本应对自己的认知，是你善待自己的每一刻的感受，是内心充满喜爱和喜悦的完成时。你是谁，在这点上，你比我们更清楚。

这是最好的时光，你是最好的自己。

失去过许多朋友，因为你不善言谈，许久没联系他们，于是他们渐渐有了新朋友，从此再无交集 。请不要觉得自己冷漠孤傲，不要觉得是自己喜新厌旧，其实，你只是怕一开口，就变成了令人心酸的客套，却依旧相信着，那时的你们，都是彼此生命里最熟悉的风景。

只是时光匆匆，谁都不知道彼此经历了怎样的繁华与落寞，也就理解不了，为什么对方变成了此般模样。

命运中的不速之客永远比有速之客来得多。所以应付前一种客人，是人生的必修。他既为客，就是你拒绝不了的。所以怨天尤人没有用，平安地尽快把客人送走，才是高明的主人。

岁月就是一场迷局，用七零八落的欢愉邀你入戏。倘若你无法坚定自己，那么就要学会转身离去。唯有如此，才不至于荒废了心绪。

最难受的思念，不是对方不知道你的思念，而是他知道却无所谓。有些人，无论你怎么对他好，他也不会留意，因为在他的生命里，你是如此的微不足道。

心应该有一个自然选择的过程。渐渐的，不重要的会更不重要以至于背向告别，重要的会更重要并且彼此相遇。所以，不要强行卸除，也不要徒劳期待。感受它的讯息，就这样不疑不躁地往前走吧。

说不想谈恋爱是假的，说不羡慕人家秀恩爱是假的，只是真没有一个认真的，所以你宁愿选择单身，也不想要随便谈感情，因为你不想当自己遇见更好的人的时候，已经把最好的自己用完。

所以对你而言，避免心碎最好的办法，就是假装自己没有心。

因为你坚信，该遇到的总会遇到，在此之前，你要努力让自己成为最好的人。

不要看低自己，每个人都有自己的优秀之处，他不懂珍惜，就找懂得珍惜你的，他不会欣赏，就找欣赏你的！

错过这一站，只因为最好的那个在下一站等你。

请你相信，总有一份遇见，唯美了整个曾经；总会有一人知你冷暖，懂你悲欢。

当你有了固定歌单后，你就很少会去听新歌，但假如有一天路过某个小街不小心听到了喜欢的，你会把它下载下来单曲循环到死。

所以，你并不是不能像爱最初那个人一样再去爱一个人，只是你还没有遇到最好的。等不小心遇到了，你一定发现自己会更加去爱。

你要记住，感情无须多，也无须炫耀，而是要学会成长、学会稳重。不随便就是给自己最好的礼物。

你遇到很多人，有人只是经过你身旁，有人却无意中变成了你的光。但你不能永远去追逐那个光，他不是你的方向，不是你的终点。

或许他照亮了你前方的路，那你就更应该对着自己的方向走下去。

并不是看着坚强，就真的刀枪不入，并不是看着坦然，就真的百毒不侵，嘴上不说的痛才是真的伤。亲爱的，愿你不再与回忆纠缠，安心等待下一场遇见。

## about，幸运

数字：6　15　24　33

颜色：绿色

星期：星期五

场所：山庄　牧场
银行

花卉：牵牛花　马蹄莲

旅居国及地区：
爱尔兰　丹麦　澳大利亚
阿根廷

方位：东北偏东向
东向

# 喜欢和陌生人谈心，却和最爱的人争吵

金牛座在陌生人眼中，就像位高傲的神，骄傲、勇敢、坚强、独立；在朋友眼中，金牛就像个无私的天使，热情、善良、细心、有耐心；而在爱人眼中，金牛就像个任性的孩子，爱哭、喜笑，会赌气，善依赖。

金牛只在信任的人面前才会表现出孤独、脆弱、敏感和多疑的一面，那是金牛对你的信任，如果你懂。

我发现我有个毛病，就是有人对我好的时候，
我总是脸上一副不屑的骄傲样。
但实际上，我悄悄告诉你，
那时候我心里在想，我要怎么样才能对你更好。

爱是什么？就好像突然有了铠甲，又好像突然有了软肋。

爱，来自恋人，亦来自亲人，其实你很清楚地知晓彼此的珍贵，但现实中，你常会无限感慨地问：“为什么我爱的人往往伤我最深？”

从什么时候开始，你已经习惯了和陌生人说心里话，而对那些陪伴在你身边的人保持沉默？

从什么时候开始，你更习惯地对陌生人透露心声，却对熟悉的他支支吾吾？

从什么时候开始，你对陌生人保持微笑，谦虚礼貌，但是对最爱的他却大动肝火，刁难苛刻？

就好像，你是这现实世界的弃儿，偏要与陌生人结盟才能更有安全感，而那些熟悉的人，却在现实的战场中散落四方，隔着三五座城，两两相望。

你是否有过这样的疑问，在外广受称道、谦逊有礼的你，为什么总是难以避免地会与亲人发生矛盾，总是难以自抑地会“发火”？

原因也许很简单，无非是，对于你深爱的他，你一时没有得到安慰，没有得到认同，没有得到你想要的一切，于是你生气、发火，甚至无声地抗议。

为什么当你面对那些最最亲爱的朋友们时，对话成了最简单的：“最近还好吗？”“嗯，还好。”而面对那些素未谋面的人，你却是堆满微笑，关怀备至。

于是你一而再、再而三地在犯同一个错：和喜欢的人争吵，或者继续保持冷漠，但和陌生人讲心里话，就像至亲。

于是你花了太多的时间和每一个远在天边的陌生人谈心，但习惯性忽视那些近在眼前的身边人，渐渐地，你们开始疏远，最终成了那个最熟悉的陌生人。

于是你逐渐地离开了那个温馨的港湾，远离了一个你可以放下所有防备和猜忌的人，戴着面具去结识陌生人。

你总是在不设防的时候喜欢上一些人。没什么原因，也许只是一个温和的笑容，一句关切的问候。可能未曾谋面，可能志趣并不相投，可能不在一个高度，却牢牢地放在心上了。

冥冥中该来则来，无处可逃，就好像喜欢一首歌，往往就因为一段旋律或一句打动你的歌词。喜欢或者讨厌，是让人莫名其妙的事情。

你无比欣慰地接受了这样的交友方式，并且自以为是地称之为“宿命”。

其实，你只是胆怯和懦弱，你只是害怕和畏惧，你只是不敢相信，不敢依赖，你害怕熟悉的人知道你太多，害怕熟悉的人知道你偶尔的伤感、失败和阴暗，你也害怕熟悉的人对你失望和担心。

但是，如果你一味地只是享受熟悉的人给你带来的美好感受，却无法信任他们、接纳他们，不与他们交流、沟通，那么你终将会成为感情的弃儿。

愿你分得清，谁是生命中最重要的人，谁是最在乎你的人，谁又是你可以全然信任的人。

其实，这个世界上有很多事情是不值得我们花心思去焦虑和困扰的，所以千万不要为了那些无关紧要的人，无关紧要的事，让自己陷入无限的纠结和愤怒之中，毕竟它们在我们以后的人生中是微乎其微、不值一提的。

要尽量地把我们的时间和精力，留给我们深爱着的人和事。

生活中有许多美好，比如吃到好吃的店，看到陌生人对你微笑，失去的东西突然间回来，喜欢的人也喜欢你，现在的一切就是你曾幻想的未来，别总记得不太友好的事，你会很累，与过去和解，对世界温柔。

当你可以直面自己身体里与生俱来的笨拙与孤独时，你便能够彻底谅解过去的自己。大多数人都像我们这样活着，虽不聪明，但诚恳；虽会犯错，但坦然。

## 永远不要轻言等待，等待是很奢侈的东西

金牛不轻易为另一个人改变，慢热得让对方怀疑他到底是慢热，还是不在乎。

金牛在面对爱情时会变得很懒惰，并不会像白羊那样勇往直前。即使是面对自己喜欢的人，金牛还是在那里等着对方主动，所以如果你爱的是金牛的话，那么你就只能放下架子主动出击了。否则，即使你们互相喜欢，在一起的概率也不会很大。

等待，并非执拗。
只是我也很好奇，
想看一下，我是有多喜欢你。

多少人不敢说出来，害怕说出来后连现在这样都不可以了。

多少人喜欢一个人，只是告诉了她让她知道，而后转身离去，再也不提。多少人喜欢一个人，却是始终都没有告诉他。

多少人爱着，却好似在分离；多少人走着，却好似困在原地。多少人败给了一个“等”字。

多少人约定，转身后谁也不再回头，可是谁也忍不住。多少人见证了很多爱情，却没有见证他们的婚礼。

多少人来到你的生命，便匆匆离去，再也不见。多少人走进你的生活，只是为你的人生上一节课。

多少人希望与你生活在一部电影里，下一镜头是一行字幕：多年以后……

多少人在你的生命里一闪而过；多少人曾想与你一起颠沛流离。

多少人一直活在你的记忆里，却怎么也想不起来。

多少人的青春忍受着巨大的伤痛，只能在义无反顾中呼啸而过。

多少人与你听着同一首歌曲，触动着同样的心情。

多少人放开了你的手，却盼望你能回来。

多少人挽留过你，可终究没挽留得住，你挽留过多少人，也是如此。

多少人小时候很少去考虑长大了是怎么样，长大了却老是去想小时候是怎么样的。

多少人想知道哪天自己喝醉了，一个人走在街头，会歇斯底里地喊出谁的名字。

多少人小时候哭着哭着就笑了，长大了笑着笑着就哭了。

多少人在一起，誓言永远不分开。

多少人想陪你看第一场雪，你也想有人陪

你看雪，可对方却不是彼此。

多少人喊你傻瓜与笨蛋，其实他喜欢上了这个傻瓜与笨蛋。

多少人每天都打扮好自己，只为能与你遇见时的第一印象。

多少人珍藏着一个小物件，那是你送的；多少人持有一个小物件，为将来送给某个人。

多少人把眼泪埋在睫毛深处，轻轻地对你说：祝你幸福。

多少人曾在充满雾气的玻璃上，写下一个人的名字，然后匆匆擦去。

多少人从远方赶来，只为看你一眼又匆匆离去。

多少人分手了，一个去流浪，另一个还在原地傻傻等着那个人回来。

多少人在寻觅，多少人在等待奇迹。

有些人明明相爱，却分开了；有些人明明不爱，却不得不困在一起，生活像个无人可解的怪圈，每个人出入其间，像跳蚤般无力。

也许，正因为如此，世上才有咫尺天涯这样的词语诞生。

有时，你在熙熙攘攘的人群中，闭上眼睛都能闻到某个人的味道，你们即便隔着万水千山，只消一个眼神便心领神会，原来距离那么近。

有时，你望着某个熟悉的身影，消失在人潮拥挤的街头，你想冲上前去给他一个拥抱，却发现脚下的土地将你的决心死死钉住，原来你们距离这么远。

这么远，那么近，我们站在人海里对望，微笑，流泪，不舍，然后被冲散，再也找不到来时路。从此，混入无边无际的想念里，在那里，回忆成全了我们。

爱情有时就像一场漫长的拉锯战，你来我往，不是你向前一步，他退后一步，就是他向前一步，你退后一步，人们很少能找到步调一致的时候，但就是在这此起彼伏的追逐中，你学会了爱与被爱。

愿你终有一天，所有压抑的烦恼，说不出口的苦楚，难于表达的感情，都能毫不掩饰地发泄出来。你会发现，就连过去了的那些不堪的爱情，都变得越发璀璨起来。

## 世界上所有的奢侈品，都是为我金牛设计的。

## 有钱，就是任性。

### 与其他 11 星座的关系

最欣赏的星座——处女
最信任的星座——狮子
最佳工作搭档——双子
最容易被影响星座——水瓶
最易掌握的星座——双子、狮子、射手、双鱼
最需注意的星座——巨蟹、天秤、水瓶、白羊
100%协调星座——处女、摩羯
90%协调星座——巨蟹、双鱼
80%协调星座——金牛
同类型星座——天蝎、狮子、水瓶
对宫星座——天蝎

### 追求金牛的五个提示

别在他面前装酷、炫富。
要主动。厚脸皮地去打搅他，无时无刻地陪着他。
不能忽冷忽热、忽远忽近。
注意细节。请他吃好吃的。

### 值得所有人拥有的金牛

不论什么事儿，都先考虑别人和大局。
暖，但拒绝做中央空调。
从不轻易说分手。
自带温和气质，让你忍不住想要岁月静好。
会为你花大钱，也会细心过日子。
虽然脾气是倔了一点儿，但心地是真的很善良。

## 有千万次想关心你，<br>却找不到<br>一个合适的身份

对金牛来说，爱情是付出，也是忍耐。毕竟金牛属于慢热型的，即使有了中意的目标，那份爱也是慢慢累积出来的。

因为来之不易，所以金牛对爱情也格外珍惜，看得非常之重，既然爱了就一定会爱到底。

分手这件事对金牛来说，简直可以媲美生离死别的恐怖和痛苦，不到万不得已，金牛是绝不会主动提出的。

我以为，真心对人，也可以换来别人真心对待。
拼了命地不让身边的人难过，却发现，受伤的原来是我自己。
经历了一些事，才知道自己真的好傻。

有时候，有些人不须说再见，就已离开了；有时候，有些事不用开口也明白；有时候，有些路不走也会变长。总望着曾经的空间发呆，那些说好不分开的人不在了。

熟悉的，安静了，安静的，离开了，离开的，陌生了，陌生的，消失了，消失的，陌路了。

你还是你，我还是我，一样的陌生。

有没有一个人，你想见却又见不到？有没有一个人，你想爱，却又不敢爱？有没有一个人，你想忘却又舍不得忘？心中纵有万语千言想对他说，却找不到一个联系他的理由；有千万次想关心他，却找不到一个合适的身份。

很久很久以后，看到关于他的信息，你还是忍不住想去关心，但是还是劝自己走开。因为自知身份都不对。他成了谁的某某，你自然没资格去问候。

明知道彼此已无可能，却总希望能有一次重新开始的机会，曾经的误会可以解释，曾经的错误可以纠正，一切错过的美好，这一次都能紧紧握住。

明知道那不可能，却在沧桑流年、蓦然回首的偶尔一刹那，假想着你和他能再有一次相遇，改写一次你们的结局。

可是亲爱的，该发生的都已经发生了，你不得不面对。

多少次，你因为他的“丢失”而翻遍了全世界，你明知道你们不可能，却对他嘘寒问暖，一如既往，然后换来一次次的冷漠和空旷的无声叹息。

多少次，你想在雨天给他送伞，却怕他不接受；你想在夜晚表达思念，却怕他早已熟睡。多少次，你告诉自己不要改变，却还是因为他失去坚持。

你看，他总是那么轻易就控制了你的喜怒哀乐。

金牛宝宝

大字报

会吃，会喝，会玩，同时还知道省钱，挣钱，攒钱。

没有哪个星座能够像金牛这样老实得让人心疼。

明明心里说了好多遍“对不起”，
可表面就是一副“爱咋咋地”的样子。

没有什么是吃一顿饭解决不了的，
如果有，就两顿。

人美、心细、体贴。美食风向标，哪里有好吃的，哪里就有金牛。

气场不和，坚决不凑合，
绝不委屈自己还烦了别人。

不说不代表没想法，说了不代表就是这么想的。

知道我为什么不爱说
“我想你，我爱你”这样的话吗？
不知道，为什么？
万一说了，你不冷不热地回我一句
“哦，是吗？”你让我的脸搁哪儿？

最大的安全感是有钱和不爱，
因为没钱不踏实，爱了就患得患失。

亲爱的，你不要太在乎这样的人，因为越在乎，越卑微。

从现在起，聪明一点，不要问别人想不想你，爱不爱你。若是想你、爱你自然会对你说，但从你的嘴里说出来，别人会很骄傲和冷落你。

这个世界就是这样：往往在最在乎的事物面前，我们最没有价值。

当你失去一个你爱的人，如果能迎来一个能读懂你的人，你就是幸运的。失去一段感情，你感觉心痛，当你心痛过后，你才会发现，你失去的只是你心中的依赖，当你学会孤独的坚强，一切又会再次美好起来。

珍惜那个读懂你的人，好好去疼爱他，这就是纸醉金迷时代最佳的爱情。

每天给自己一个希望，试着不为将会遇见谁而忐忑，不为昨天遗失了谁而悔恨，只为今天更美好而努力；试着用希望迎接朝霞，用笑声送走余晖，用快乐涂满每个夜晚。

如此，你的每一天将会生活得更充实，你的每一天也将活得更潇洒。

只愿你，活在当下，不负今朝。

# 可 以 钟 情 ， 不 必 痴 情

实属痴情种子的金牛面临失恋的危险时，就会不停地往对方身上花钱，希望对方能够回心转意。

有的人的确会被金牛的慷慨所动，有的人则是不以为然，但是亲爱的金牛，你拿钱砸出来的爱情，真的可靠吗?

其实，金牛本就憨厚可靠，何必为了不属于自己的爱情，而扭曲自己的秉性呢?

和喜欢的人聊天，
他久久不回复的时候，
我就会想，我又被忽略了吧！

有时候，不小心地知道了一些关于他的事，才发现那些自己所在乎的事情，在他眼里是那么微不足道。

有时候，不经意发觉了一些关于他的细节，才明白你把他放在心里，而他却可以转身就把你遗忘。

有时候，要等到看透了一些外物，才懂得世事变迁，人心冷暖。

于是你明白，没有什么东西是永恒的。

那些你以为放不下的，终究还是要放下；那些你以为忘不了的，最后还是要忘掉。

最后你还是要明白，所有的烦恼都是源于自己不够狠心，你总是太顾及别人，而忽略了自己。

既然忘不掉，那就让那些往事默默地留在心底吧，也许是伤心的，也许是酸楚的，但一切都已过去。

爱情不骗人，更骗不过自己。一段感情，与其深埋，不如拿出来清理，丢还是留，给它一个说法，给自己一个交代。想想值不值得，值得的可以去守候，不值得的不用去苛求！

忘了、放了，一边明明白白地生活，一边去期待属于自己的幸福。

当有一天，他发现你终于对他不冷不热了，你终于放手对他死心了；当有一天，你和别人走在一起了，你和他彻底成为陌生人了，你会发现，原来那些自以为不会忘记的，也会慢慢变得不重要了。

这是一个放手的过程，而不是放弃。放弃是牺牲本来属于你的，而放手则是放下那些本来就不是你的。

追来的很累，强求的不美。想你的人，总会主动找你；不想你的人，找了也是不理不睬。一直的低三下四，只能贬低了自己；再三的委曲求全，只能难为自己。

你要记住，如果不是相互喜欢，你的痴情就是别人的负担。

都说爱情需要把握，可如果他不属于你，就算你再痴情、再执着，也无法用他给予的冷淡、忧郁，拼凑出你的完美天空；都说爱情需要经营，可如果他不属于你，就算你再努力、再投入，最终所有的付出依旧是桃花流水，只能演绎一场凄美的心伤。

等不起的人就不要等了，你的痴情感动不了一个不爱你的人。伤害你的不是对方的绝情，而是你心存幻想的坚持。

勇敢点，转个身！你必须放弃一些东西，才能获得更圆满的自己！

每一段爱情，都会从激情走向平淡。开始时电击般的兴奋和痴情，慢慢变得温和平静，少了冲动，开始觉察心中人的缺点，也会为失去新鲜感而烦躁不安。

其实，爱人不过是在繁华落尽后留在身边的那一个。只是，你到底愿意与谁一起去看那细水长流？

你也曾当过笨蛋，你也曾试着当瞎子、当聋子地去信任一个人，你也知道世界上最可悲的就是自我欺骗。要记住，人笨过、傻过、瞎过就够了，之后你更要懂得爱自己，而不是一直重蹈覆辙，还自以为自己多痴情。

乞求来的不是爱情，捆绑住的难以永远。痴情也是一种罪过。聚散看轻了，世界就变宽了。在一起的就珍惜，留不住的就放手。

这一生中，总会有一个人，老是跟你过不去，而你，却很想跟他过下去。爱情很短，短到只剩下一个擦肩，而痴情却很长，长到我们往往要付出灵魂中的地老天荒。

有谁不曾为那份痴情而痛苦？我们总以为那份痴情很重，很重，是世界上最重的重量。有一天，蓦然回首，我们才发现，它一直都是很轻，很轻的。我们以为爱得很深，很深，来日岁月会让你知道，它不过很浅，很浅。

原来，最深和最重的爱，必须和时日一起成长。

**浑身上下**都是"性价比"计算器，

吃的，用的，喝的，玩的，都一样。

## 金牛内心独白

有人说：你能不能别那么自我啊？

金　牛：我长得好看，所以全世界就得让着我啊！

有本事你也长得好看啊！

变通是什么？能吃吗？

不能吃为什么要变通？

我的原则就这样啊，

为什么要改变？

# 他的忽冷忽热，
# 你的患得患失

你要知道，金牛和你冷战就说明他已经忍你好几次了，已经积累到不爆发都对不起自己的地步了。

金牛嘴笨，和别人吵架没本事吵赢，就只能用不吭气来表示自己的尊严。

就算金牛嚷嚷着要和你一刀两断，也没真想离开过，每次都是装装样子而已，就等着你来哄。

如果我在意的人对我忽冷忽热，
而我又为此感到了患得患失，
那么，我便会选择不辞而别，
因为我没那么多耐心去品尝患得患失的感觉。

嘴上说“我爱你”，却没有实际行动的人，就像一个从不浇花的人说自己爱花。爱是动词，行动才是爱最好的说明书。

当你回过头去看自己的成长道路，只要认真观望，你就会知道，这些停留下来的人终会成为你生命中的温暖，看到他们，你会想起不离不弃。

世界上没有挤不出的时间，只有不想赴的约。每一个选择，都是内心的取向。

所以你要记住，爱一个人，就不要对他忽冷忽热，再深厚的感情也经不起折腾；爱一个人，就不要让他等待太久，再真挚的感情也会心灰意冷；爱一个人，就不要冷暴力，再温柔的感情也会消逝。

只要你对一个人动了真情，你就绝不容许他对你时好时坏，你期待的是绝对的好，或者彻底的坏，又或是直接消失在你的世界里。因为你无法做到对一个自己动了真情的人去“宠辱不惊”，所以你排斥一切能令你感到患得患失的情绪。

对你而言，他可以一杯冰水冷死你，也可以一杯热水烫死你，但决不可接受用一杯温水耗着你。你要的是干净利落，黑白分明。

人生那么短暂，凭什么让不看重你的人来影响心情；人心如此金贵，干吗让眼里没你的人来亵渎你的感情。

不要为不愿在你身上花费时间的人，而浪费你的时间。更不要错误地认为你放不下的人，同样也放不下你。你用谎言去验证诺言得到的一定是欺骗，做人要宁可高傲发霉，也不委曲求全。

所谓放下，并不是真的输了，而是懂得痛了。有些人之所以要放弃，是因为满腔关心换来的却是吝啬回应。

在爱情的海洋里，总会有太多的波浪，一句不好听的话，就会狠狠刺痛对方的心。我们只是爱情舞台上的一个小丑，即使再怎么华丽地落幕，小丑依然都是会受伤。

爱情，没有规则可言，更不像是出兵作战，可用三十六计来游刃有余地处理好，爱情不过是两颗纯洁心灵的触碰。爱情其实是简单的，可也是复杂的，是快乐愉悦的，可同时又是忧伤愁苦的。

如果你遇到一个喜欢跟你忽冷忽热的人，请转身离开；如果你遇到一个喜欢跟你玩躲猫猫的人，请果断离开；如果你遇到一个喜欢跟你暧昧却不给任何承诺的人，请决绝地离开。

离开是让自己邂逅那个给你真爱的人，离开是为更好的幸福。

千万不要自作多情。你要记住，他如果选择和你玩暧昧，就是不够喜欢你。因为人若是真心喜欢一个人，从眼睛就能看出来，他恨不得拴着你，怎么会忽冷忽热，忽进忽退？

假如有人不在意你，那么你也没必要再珍惜；假如有人一再地伤害你，那么你也不必继续选择原谅。情可以无价，但不能廉价；可以放宽底线，但不允许践踏底线。

为爱可以放弃所有，唯独不能放弃自尊。

真心对你的人，会把你牵挂在心，绝不会因忙碌而去忽略；真正在乎你的情，会把你捧在手心，绝不会忽冷忽热让你去猜测他对你的感觉。

别拿尊严去作践自己，与其卑微地恋爱，不如高傲加撒手。不要回头，你能找到你的地久天长。

不是每个你在乎的人都要去争取，要看值不值；但是每个在乎你的人都要去珍惜，因为不离不弃，谁做起来都不容易。

无论何种感情，要走的人你留不住。

你要记住，一味地等待关心，只会是等待到关上了心；一味地期盼拥有，最后期盼到的恐怕就是不堪回首。

别等伤了再去安慰，忽冷忽热谁受得起；别等离开了才知道珍惜，这世界无法制造后悔药；别等心碎了再拿歉意拼凑，碎了的心无法重新愈合；别等人都不在了才知道对方的好，有个令人尴尬的词，叫作“为时已晚”。

愿你有好运气，如果没有，愿你在不幸中学会慈悲；愿你被很多人爱，如果没有，愿你在寂寞中学会宽容。

# 究竟有多少人
# 输给了“我以为”

金牛属于慢性子，不论是工作还是感情，都是如此。

金牛的慢性子时常会让人感到着急，因为金牛对爱的付出是谨慎小心的，尤其当暗恋一个人时，不会像其他一些星座为了追求对方而不顾一切。

因为害羞，也因为怕得不到反馈而白白浪费自己的感情和金钱，金牛座会有所顾忌，而不敢表白。

我不是真的傻瓜，只是曾经为你心甘情愿。
现在，我也学会对你伪装了，不冷不热，不咸不淡。
然后听你轻轻地说，你变了。
我不知道，是该笑还是该哭。

他不会像高富帅那样偶尔流露出一丝惹人厌的轻浮，他在自己生活的圈子里有着一定的知名度，也不会默默无闻。

他长得不算差，打扮得干干净净，他不缺喜欢他的姑娘，他恋爱过，也有明确的喜欢的类型。

他像大哥哥一样照顾着你，他会叫你傻瓜或笨蛋，会让你早点睡觉。他会在你寂寞的时候以一个朋友的角色来到你的身边。

他对你问候亲切，记得你重要的考试日期，会特意发短信告诉你要加油。

就那么一瞬间，你发现他的话像是一束阳光，照亮了你心里所有的阴霾。

这个时候，你会想："他不错哟。"或者，"他天天来找我，是不是对我有好感?"

可惜这个假设本身就是一个无底的让你爬不出来的洞，一旦落下去就很难有翻身的机会。

于是你输给了你的自以为是，并且输得惨不忍睹。

只是亲爱的，别傻了，也许对于他来说，这所有的温柔不过只是他的一个习惯，或者是他的一种本能而已。

因为他早就习惯了对周围每个出现的异性说着亲切的话，习惯了与人为善，并没有多大的差别。他对你，至多可以判断出的是不讨厌，或者多一些，只是愿意交你这个朋友而已。

你以为他的爱情可以填满人生的许多遗憾。然而让你始料不及的是，制造更多遗憾的，却偏偏也是爱情。

当你发现了这些真相之后，你便开始自怨自艾，开始默默喜欢着那个人。因为你已经离不开了，你习惯了他的问候，习惯了有一个人对你有好感的设想。

其实，他给的温暖并不是一种错，错的是

你的胡思乱想，你给自己挖了个陷阱，是你的自以为是，然后，你便越陷越深。

为了这份自以为是，你甚至甘愿吃苦和付出。你以为认真的喜欢就可以打动他，结果打动的是你自己；你以为在一起就可以天长地久，最后却剩你一个人在难过。

你以为你努力过就可以得到他的爱，可最后抓住的却只有回忆；你以为你们可以一直走下去，可他在中途就丢下了你。

你以为他是爱你的，就像你爱他一样爱你，可他却牵了别人的手；你以为你能忘记他的拥抱，忘记他的所有的好，可一看到他的笑容就让你一秒钟沦陷。

你以为你不会再哭了，可一想到他不在你身边，你还是会难过到流泪；你以为他是喜欢你的，可他只是喜欢你喜欢他的感觉；你以为在他眼里你和别人是不同的，原来你只是一个笑话。

后来，你决心离开他，可后来你发现，这也是自以为能实现的事情。

你以为点了灯的夜晚不会黑，你以为冬天的冷可以冻结心里的忧伤，你以为夏天的风可以吹走思念，只可惜一切都是你的你以为。

你以为，你已经把他藏好了，藏在那样深、那样冷的昔日的心底。你以为，只要绝口不提，只要让日子继续地过去，他就会变成一个古老的秘密。可是，不眠的夜仍然太长，梦里的遇见又泄露了你的悲伤。

细细想想，在缺爱、缺关心的时候，你往往分不清自己的感觉。不如问问自己，你爱上的，究竟是这个人。还是说，你爱上的，只是被关心的感觉。

可能是出于一个人独自生活太久，一个人坚强太久，如有一丝阳光，便恨不得融化自己所有的坚冰。就像是口渴难耐的人，好不容易见到水源，恨不得喝尽每一滴。

可是你怎么知道，这样的喝法，不会伤害自己？

你开始为了他的每句话揣测推断，别的女生若是和他多聊几句，你就对那姑娘生起戒心。

你要知道，如果一个人真的爱你，他一定会告诉你，而不是用那让你胡乱猜测的暧昧语气和你说话。

也许是因为和他相处是一件很舒服的事，也许是难以自制的喜欢，不管怎样，不要因为一个人的习惯，搭上自己的一片真心。

你要给自己留一点可以进退的余地，不要让自己后悔莫及。

第四辑

# 不是假装沉默，只是无力诉说

和金牛吵架，你就像个自导自演的神经病。无论你抓狂也好，崩溃也罢，无论天崩地裂，还是山盟海誓，金牛就静静地站在那里，一言不发。

如果金牛很认真地在和你诉苦，你或许觉得他说的其实没有什么大不了，但是请在想象中将他们所描述的苦乘以 10，这大概就是他正在遭受的。

金牛对疼痛、苦难的承受力惊人，很可能手指被车门夹到的时候也只是皱一下眉，生病时也硬是扛了下来。事实上，金牛经常选择默默承受，什么也不说。

# 是你教会我时过境迁，告诉我不要怀念

金牛对感情十分专一，所以他的情伤通常较难彻底治愈。

一旦失恋了，本就不愿被任何人发觉自己内心秘密的金牛会把自己所有的伤痛情绪统统隐藏好，在众人关切地问及自己恋情受挫、失败时，努力装出一副满不在乎的样子，但实际上，金牛座那颗受伤的心，早已碎了一地。

我想最难过的事情不是遇不见，
而是遇见了，得到了，却又匆忙地失去，
然后心上便因此纠结成了一道疤。
它让你什么时候疼，你就什么时候疼。

你像一个守株待兔的小孩，以为重新回到原地，便能等回自己的爱情。但当你站在原地时才发现，时过境迁，是这世上最残忍的词语。

爱上一个人的时候，你可以不顾一切地倾尽所有，不爱一个人的时候，你也可以毫不在乎地舍弃他，这难道就是大多数薄情之人的爱情吗？

茫茫人海，有几个人牵挂着你的悲喜；大千世界，有几颗心舍不得你的离去？

原来，人走茶凉，也许你只是一个名字；时过境迁，也许情只是一段回忆。

你肯定记得曾对你许诺一生一世的那个人，你肯定还记得那时你们一起憧憬的美好未来，可是遗憾的是，曾经相爱的两个人如今却成了最熟悉的陌生人，曾经的爱、恨、嗔、痴、怨皆已化作过往云烟。

于是你终于明白，人在旅途，有许多错过，痛断肝肠；有许多遇见，念念不忘。落寞时，能够陪你的才是心疼你的人；离开后，依然想你的才是真爱你的心。

因为与他的相遇，你有了向往，也因此有了忧伤。你逐渐明白，顺其自然的感情里，包含着太多的绝望与不甘；随心随缘的际遇里，避免不了痛彻心扉与留下遗憾。

其实，人孤独时，渴望的只是一份陪伴；心脆弱时，需要的仅是一种懂得。隐含的泪水有人疼，暗藏的苦衷有人懂，就是最奢侈的幸福。

爱，不是一场艰难的谈判，而是一种情感的交融，一种每个人都不一样的感觉，一种每个人都不一样的安抚。

爱，不是完美而是补充的过程，不是依赖而是互相搀扶。你一直孤独地走着，是因为你有一盏没有点起的心灯，直到遇见他，遇见那个灿烂的笑容。于是，你以为你尘封了多年的情感并没有空等。

可你没想到的是，一些梦想换来的是一身的疲惫，一些寻找成了海市蜃楼。

爱一个人很难，忘掉一个人更难。爱上了他，你不知是否应该安静地走开，还是虔诚地等待。要知道，与他相伴一生曾是你多么渴求的事！只是，有心虽然能够动情，但非得彼此有情才能暖心。

原来，感情不用多说，只要心里有；缘分无须多表，只要长相守。

忽然发现，原来在爱情世界里没有谁离不开谁，也没有遗忘不了的人，只要有足够的时间，一切终将遗忘。

你要学会把他藏在心里的最深处，你要懂得拿得起和放得下，你要知道，已不属于你的东西，抓紧不放只会伤得更重。

你要相信，有些人魂牵梦萦，却只适合放在心底；有些人波澜不惊，却适合相伴一生。

即使你们无缘牵手，但也请你记得谢谢他，谢谢他曾经爱过你，也谢谢他之后的不珍惜。

时间终究会带走青春的翅膀，却往往留下

一根多情的尾巴，就像它把悲剧变成喜剧，又把喜剧变成悲剧。原来，我们所经历过的一切，虽然永不复来，却不会消失至无。

聚散离合，痛苦欢笑，呐喊寻觅，没人知道最终的谜底。

人被伤害最大的，往往是最执着的东西；刺痛内心的，常常是最在乎的感情。

爱是两个人的事，如果你还是一个人执着着，纠缠着，原地打滚痛苦地爱着，时过境迁之后你会发现，是自己挖了坑，下面埋葬的全部都是青春。

所以要等，所以要忍，一直要到春天过去，到灿烂平息，到雷霆把他们轻轻放过，到幸福不请自来，才笃定，才坦然，才能在街头淡淡一笑。

春有春的好，春天过去，有过去的好。

# 不是假装沉默，只是无力诉说

很多时候，金牛心里有很多话想说，可是想来想去还是没能说出口，那是因为他心里明白，说出来了也不会怎样？又不能解决任何问题。而且说出来还显得很矫情，既让自己糟心，又让别人不愉快，所以干脆什么都不说。

金牛不是冷血动物，如果金牛主动跟你分手，应该好好想想你把金牛伤得有多深。

有时候心情会突然很低落，不想说话也不想动。
别人问起，也不知道该怎样回答。
真的，我不是假装沉默，只是无力诉说。

终于有一天，你对他说了分手，而他一脸茫然，好像受了天大的委屈似的。

只是他不知道，你已经忍了他很久很久，你心里曾一直给他机会，他却总是无动于衷。

你的心碎成了片，从里凉到外，原因就是在你难过时他没有安慰你，你在意的事情他觉得无所谓，你满怀期待等他实践诺言时他没有做到……

就在这一系列事情发生之后，你也终于有了决心。你要选择离开，你趋向于沉默，你甚至已经无力诉说。

你是不是总是会为了某人而不断地修改自己的底线？不停地为某人找借口，不停地想去原谅？可是，傻孩子，其实他没那么喜欢你。

就算有时候你还是会去想他，但是有太多理由在提醒自己放弃。你要知道，他已经是人海中的一个背影。

愿你记住，水凉了还可以喝，心凉了连说快乐都显得落寞。

走一段路时会突然想起他，看一本书时会被某个名字触动，无奈他的笑、他的一切都要加一个“别人的”；想起你们在一起的事，也只能加一个“曾经的”。

于是你终于明白，很多人、很多事原本是熟悉的，以为明天可以再继续的。于是转过身放手，期待明日又将重聚的希望的实现。

等到太阳落下去重新升起，那些事却不可能再经历，那些人也再难以遇见。

不知道从什么时候开始，在什么东西上面都有个日期，秋刀鱼会过期，肉罐头会过期，连保鲜纸都会过期，于是你一度怀疑，在这个世界上，还有什么东西是不会过期的吗？

我们以为自己爱得死去活来，没法放弃，可是，就在一个微小的节骨眼，你会突然清醒过来。

思念，也是会过期的。依恋，也是会过期的。

从一提到他嘴角就会不自觉上扬，到一听见他的消息就会停住脸上的笑容。其实也没多久，原以为会多长久，多坚不可摧的感情，到头来还是敌不过时间。

这世上最难堪的事情不是他不爱你，而是他曾说很爱很爱你，最后却轻易地放弃了你。

过了很久之后的你才明白，他一开始和你说的那句“真的对不起”，只不过和机场广播里致歉通知“又延误了您的班机”一样没意义。最后离别时他说的“非常谢谢你”，和两块五一瓶的红茶盖子里的那种“谢谢参与”一样写满了应付。

可是亲爱的，你要知道，至少你们的爱情都曾真实地美好过呀。分开的时候记得轻轻地说一声：“很高兴遇见你，在你我都鲜活的年纪。”

想要看清事实，就需要一些疼痛。你必须明白，要走的人你留不住， 装睡的人你叫不醒，不爱你的人你感动不了。

其实，有些“相见”不如“怀念”，不打扰才是最后的温柔。

也许，深情从来都是被辜负，只有薄情才会被反复思念。

说爱情难，倒不如说人心看不透。有些人就是会闯进自己的生活，可最后你们却应了那句老死不相往来的话。所以，无论你怎样爱一个人，都要给自己留点退路。

有些人遇见，就是为了告别。有些人遇见，是为了留在你生命里。

在往后的日子里，有相聚也有离别，我们都不要辜负自己。

后来你发现曾经讨厌吃的菜也不再那么难吃了，失败的恋情到现在也成了侃侃而谈的资本。曾经你以为遇见了人生最难过的一道坎，后来发现接下来一道比一道难过。

只要翻过午夜 12 点，你白天的经过都将成为经历。所以，有时要有铁了心的勇气去做一件事和爱一个人，无论好坏，因为明天都会到来。

# 从没想过要束缚你，你也不用左右为难

脸皮薄的人千万不要追金牛。因为他们太被动，而且是超乎想象的被动。举个例子，你们面对面站在两头，你走一步，他无动于衷。你走十步，他仍在起点一动不动。等你走到他面前就差最后一步的时候，他才开始迈出第一步，不过这也是决定性的一步。

追金牛请下好万里长征的决心，只要他不反感，就有戏。

爱的时候，让他自由；
不爱的时候，让爱自由。

你喜欢的人不一定会留在你身边，只有爱你的人才会一生一世陪伴你。没有人是要故意变心的，当他爱你的时候，是真的爱你，可是当他不爱你的时候，也是真的不爱你了。

他在爱你的时候，没有办法假装不爱你；同样的，当他不再爱你的时候，也真的没有办法再假装爱你。

总以为我们很爱某个人，会一生一世爱下去，等下去。直到沧海变色，海枯石烂。当所有人都告诉我们不要执迷，他其实并没有你想象的好，而我们宁可相信自己给自己编织的童话，也不愿相信身边的人所说的话。

总以为我们爱上一个人，就必须是一辈子不变心，总以为我们还能等到冥冥中的缘分再度重逢。千里姻缘一线牵，当云雾散尽，当两条相交线错开，我们才知道自己不过是当局者迷。

总以为我们很爱某个人，爱到会为他做任何事，爱到华丽的背景下直到自己一脸落寞地转身。谁先不爱，谁先离开。总觉得，第一个转身的人是幸福的，不必傻傻地苦等。

你也许等到后来都不知道自己为什么爱他，就像你无法描述水是什么味道一样。但是你觉得你需要他，就像你需要水一样。

你以为自己的心已经对感情麻木了，你以为泪已经流尽，你不知道还有什么是自己该值得守候的。

其实，很多事情，你并不像自己想的那么脆弱。问一句，失去他，你真的会活不下去吗？也许那一秒钟会是，但是十天或者一个月，一年或者更长的时间后呢？忽然某一天你突然醒悟过来自己都会说，为什么自己曾经是那么的放不下。

其实，我们并不是放不下，我们放不下的只是一种心情，是那种不甘心。

这种不甘心是由一个接着一个的疑问组成的，比如为什么在还爱他的时候他却先不爱了？为什么当初他那么爱自己，现在却变得这么冷漠？

在心里问这些话的时候，其实我们不再是单纯地爱这个人了，我们只是爱上了自己的不甘心。骨子里，没有一个人甘心比别人差，谁都希望自己的一切都是美的，无人可比的。

爱上一个人，我们其实是爱上一种感觉，只有他才能给的感觉。不爱一个人，就是因为感觉没了。不爱了就是不爱了，再勉强也没有用。

如果问你，你会怀念曾经爱过的人什么，一定不会是山盟海誓，有的其实是更多的细节，他哄你，呵护你，疼你……

我们会说等一个人，其实，我们等的已经不是这个人，只是一种心情，不甘心习惯在的人说离开就离开了。

如果他重新回来，你还会一如既往地爱他，包容他的一切吗，不要那么轻易地说会，用你的心说，你真的会吗？答案其实你早就知道了，只是你不愿意承认，不愿意接受罢了。

所以，何不选择就此放下，趁着可以爱的

时候还是好好地去爱呢？别让属于你的爱情等待太久，也别让你的幸福等待太久。

当别人忽略你时，不要伤心，每个人都有自己的生活，谁都不可能一直陪你。不要让某个人某件事成为你的全部。

当一个人不值得你珍惜时，要学会放弃。抓得越紧，失去得越多，正如沙子，你的手握得越紧，沙子就漏得越多。

未来的路很长，要学会一个人走。

你要去相信，生活就是这样，你越是想要得到的东西，往往要到你不再追逐的时候才姗姗来迟。

# 如果再见就像过耳的风，如果分别就像蒲公英的散蓬

金牛座确实很现实，但实际上他们在花钱的时候往往比你想象中的大方得多。金牛对自己想要得到的东西，再贵都会买的。

如果你觉得金牛对你抠门，那只能说明他不喜欢你，面对喜欢的人，金牛巴不得什么都给对方。

对待感情，没有一个星座比金牛更专一，当所有人在改变，唯一不变的只有金牛，他永远在原地等那个人回来。

喜欢一个人又无法在一起的感觉就像是躺在床上睡觉，
翻来覆去睡不着，什么姿势都不对。

当他转身离去的那一刻，你其实知道这以后，以后的以后，你都不可能再见到他了。只是那时候他留下那依稀的背影，依稀地浮现在你的脑海中。

多年以后，当背影变旧，当熟悉变陌生，再翻一翻当年的通讯录，你才发现有那么多曾经重要的人，已经许久不见，并且想来今后也不会再见了。永别得那么平淡，就好像故事还没结局。

于是你这才明白，人永远不知道，谁的哪次不经意地跟你说了再见之后，就真的不会再见了。

后来你才知道，那些真正要走的人，吝啬得连说再见都觉得是浪费时间。而那些嚷着说“喂，我要走了”，还一步三回头的人，只不过是想你说一句“留下来好吗”。

心不在你这的人，没有丝毫留恋；你一个简单问题，他回答一大串的人，你赶都赶不走。

你还是觉得遗憾，倒不是因为你们没有一直走到最后，而是你以为你们会有一次正式的告别，会带着祝福对方的心情郑重地和对方说一声再见。你以为只要说了再见，你和他就会背对背走出彼此的生命，从此各不相干。

但你没有想到，他会提前离开，把你一个人留在原地。他似乎对你、对这份感情毫不留恋，最后连一句再见也不想说，就这样潇洒地走了。

说惯了再见，从来不觉得这么简单的两个字竟然会如此沉重，竟然有种害怕这会成为遗憾的惶恐。

原来，“再见”有另外一个意思，就是再也不见。

不管这句“再见”说了还是没说，已经走到尽头的两个人最后还是会别离。只是并不像你所想的那样——两个人同时离开，而是他一个人先走，好像你被抛弃了，还在等他回头一样。

不是所有离别都能说一声再见，往往还没

说再见，就再也不见了。

最痛苦的一种再见是从未说出口，但心里却清楚，一切都已结束。

轮回的路上，很难得有人能陪着我们一直走下去，不同的旅程总有不同的人相伴。走着走着，也许在某个岔路口，挥挥手，各自就转入了不同的旅程。

所以，相伴的时候一定要珍惜，牵手的时候一定要紧握，因为，一旦分开了，一旦松了手，再见就不知会是在哪一世。

还没说再见，就再也不见了，其实这样也好。他就看不见你为他最后一次流泪的凄惨难看的样子，他就只会记住你最美的样子。

该结束了，就擦掉眼泪，告别他这个过客，你还要继续走你的路。

或许，别人永远都不会知道，你的一句“没关系”的背后隐藏了多少要说的话。

也罢，既已说再见，再多的言语都会显得苍白无力。

许久不联系的人，不用再联系。各自辛苦，各自生活，也再无交集，该停留在过去的，就让它停留在过去。如果有缘，会再见。若无缘，不如不见。

你要知道，所有的故事还没开始，就注定了结局；所有的狂欢的面容背后，都有一颗心写着孤独；所有的眼泪里，擦干了都是笑脸；所有的分别，各自都会踏上新的旅途。

当你慢慢长大，当你体会过离别之悲，品过分别之苦，看过分别之景……你就会发现，人生就是在分别、相聚 、分别之中度过的。

一次次地相聚，却又一次次地分别，都让你我惆怅不已。最痛苦的不是分别，而是分别之后，回忆还是根深蒂固；最锥心的，不是分别，而是分别后再没有相见。

分别不是终点，彼此铭记就已足够，人生有的时候，一场邂逅，其实就足够美丽。

遇见时，请一定要感激；相爱时，请一定要珍惜； 转身时，请一定要优雅；挥别时，请一定要微笑。

## 说出口的伤痛都已平复，绝口不提的才触及心底

金牛座是懂爱的星座，他们慢热而不呆滞，浪漫而能务实，爱的时候温情脉脉，缘尽时也可以淡然处之。

金牛座不是冷血，不是不痛苦，只是他不愿四处张扬自己的痛苦。

在现实面前，金牛也会比其他星座恢复得快一些。

淡淡说句“没事”，其实已经给对方扣了一分；轻轻说句“尽量”，其实已经在为放弃做好了准备；慢慢说了句“晚安”，其实失眠到了两点；亲切问了谁一声“干吗呢”，实际按的是群发键。

有一个阶段叫“言不由衷”，因为不想伤害别人。之后有个阶段叫“随心所欲”，因为不想委屈自己。

世间越是美丽的东西，越是含着一种凄美，越是含着一份刺心噬骨的疼。它将你的心用一根美丽的刺刺出血来后，那份铭记才可以化作铭心。

如果真爱一个人，就连眼泪也会为他开出一朵璀璨的花，就连每一句忧伤的叹息都萦绕着他来过的味道。

是他教会了你时过境迁，告诉你不要怀念。

每个人的生命里，注定会有那么一段忧伤，或深或浅，揪心或迷惘。那惶惶不可终日的痛，该拿什么去抵挡？

你怎么也想不明白，为什么当初他那么用力地叩打你的心门，如今却只留你一人怀念？

许多年过去了，人们说陈年旧事可以被埋葬，然而你终于明白这是错的，因为往事会自行爬上来。

有些人注定在你生命中昙花一现，却令你终身留恋。

原来，真正爱上一个人的时候，一切都变得那么值得，包括不可避免的伤害。

说出口的伤痛都已平复，绝口不提的才触及心底。

只顾自己爱得太投入的人，忘记了有一天爱会离开。时光让你们熟悉了彼此，也陌生了彼此。当他的心扉不再为你蔓延温柔，那么这份爱就已经走到尽头。

时间永远是旁观者，所有的过程和结果，都需要我们自己承担。

感情，不是一朝一夕而至，也不是一时半刻就能过去。人心，都是渐渐走远的；感情，都是慢慢变淡的。

于是你变得不敢再轻易开始一段情感，害怕爱上另一个人，你害怕某一天让你动情的人因为你不知道的原因突然离去，而你的心再也承受不住那样的别离。

有些话忍久了就不想说了，有些人逃避久了早已习惯了他不再来。那些从前还是不要再提了吧，失去了爱情的喧哗，你终于学会了和自己对话。累了，蹲下来抱抱自己，依旧倔强地说，也不过如此。

在爱情的底蕴里，原本就掺杂着一些伤感的东西。你在黑夜里写的不是字，而是心底的寂寞，是旧时光留下的忧伤。

你渐渐明白，那些让自己生疼的东西才留得长久，久了，便淡忘不了。无论你在夜晚怎样地挣扎，无论你怎样用煎熬摧残自己的灵魂，都无法将它打败。

其实，你没有想象的坚强，只是找不到让懦弱休息的地方。

我们在爱的世界里一面找寻，一面失落，找寻往往需要很远很久，而失落的才是那一缕无法握在手中的珍贵。

爱情里的私语，每字每句都在敲打着心灵，让你不知不觉便被那样的一份醉飘荡着心魂，直到你彻底为它失去了全部的自己。

爱一个人需要勇气，离开一个人需要更大的勇气。注定的过客，注定会擦肩而过，何必伤感，即便伤感也唤不回从前的模样。

你要知道，并非所有“我爱你”，最终都能“在一起”。有些人，明明是最爱的，却不得不走成陌路。既然有些真爱不得不放手，于是才有一种深沉的喜欢，叫作“不打扰”。

你要相信，终会有一个人，会出现在你的新生活里，让你原谅生活中所有的不如意。

爱情就像一根橡皮筋，相爱的时候两个人拉得紧紧的。不爱了，任何一个人先放手，留下的那一个都会被橡皮筋的反力狠狠击痛。

索性在他放手的时候，你也同时松手。

# 你忘了回忆，
# 我忘了忘记

金牛座是一个非常慢热的星座，在失去一段爱情后，他们不会歇斯底里地痛不欲生，也不会立刻投入下一段爱情，他们需要一段较长的时间来适应没有伴侣的日子，也需要较长的时间来适应另一个人走进自己的生活。

对金牛座而言，忘记一个人一般有两种动机，一种是为了心无杂念地寻找比前任更好的人，另一种就是希望对方过得好，所以选择远远地祝福。

你忘不了的其实不是每天都会想起的那个人，
而是遇到一件小事儿，
却突然间想起来一连串当年和这个人的故事，
感觉心里像中了一枪的那种感受。

你一直在想，你应该在什么样的情况下再与他相遇。在喧闹的街头，在慌乱的人群里，还是在寂静的小角落？

你以为无论在哪里，无论他变得怎么样，你都能一眼将他认出，因为他一直在你心里。

很多人和事就像天气，慢慢热或者渐渐冷，等到惊悟，已过了一季。

你理解不了，既然他离开了自己的世界，可为什么还要出现在自己的梦里？既然他选择了另外的陪伴，可为什么还要在自己的记忆里纠缠？既然他无法陪在自己身边，可为什么要在自己心里盘踞？

难道是因为你不够强大，所以无法在他的心里留下回忆？难道是因为你不够美好，所以让他一直想要出逃？

还能有什么别的原因呢，不过是他忘了回忆，而你忘了忘记。

有时候，真的觉得他就像自己永远过不去的一个坎，总是下意识看看他的近况，过得好不好，睡得是否安稳，心情是否晴朗，却连一句越界的问候也不敢。

有时候，想念就像突然闻到跟他一样的香水味。没闻到的时候不那么深刻，突然味道跑出来却没来由地想哭。

你是那么想他，也是那么想要忘了他。

原来这世界上看似充满了坚强、充满了微笑的地方，当你揭开那美丽的一角，发觉下面深深掩藏的都是一份情感的脆弱不堪，都是一份饮泪而歌的失意。

人生，不过是缘生缘灭的轮回，轮回到了尽头，爱也到了尽处，没有谁能躲得过这劫难，没有谁能够挣脱这宿命。

爱情，总是以最不能预料的方式叩响了你的心门，不经意地把两个人融化。却又在某一天以逃避的方式，对你做着一份偷偷的告别。它的离去如同它的到来时那般美丽，只是那美丽却痛碎了你的心。

有些人，只能离开；有些东西，只能放弃；有些记忆，只能埋于心底；有些过去，只能选择遗忘。

不要去挽留想要离开的人。因为分别的原因多数不会太复杂，不是你错了，就是他错了；不是爱早了，就是爱晚了。

未来能否同行，真的不必勉强。若是情浅，大家去感受其他人的热情，彼此祝福，干干净净，了无惦念，也很美满。

离开不要太悲伤，你要学会积极地看它。

我们怀念过去，是因为过去的时光里，包容了很多我们已经失去的东西，有些一旦遗失，就再也无从寻找。

过去是回不去了，但我们可以从现在开始，书写一个全然不同的结局。失去童年，可以保留童心；青春远去，那就焕发精神；爱情枯萎，还须以爱待人。

谢谢那些离开了你的人，也谢谢他留给你的每个孤单的情人节，他让你明白，原来除了他之外还有许多美好值得你去期待。

生命中总有一个名字，让我们魂牵梦系，让我们情泪涟涟。回眸的刹那，有一个人的身影带走了我们毕生的依恋。

你会发现，被删掉的人曾经有过几百页畅谈的聊天记录，街上碰见不打招呼的人曾经也乐此不疲地整天腻在一起，背地里把你骂得狗血淋头的人可能曾经是你最好的朋友。一段关系有时断得悄无声息，却让人措手不及。

其实人都差不多，新鲜感和热情消失得很快，有人离开，也会有人来。

# 没有在一起，其实挺好的

金牛座的反击力很强，在吵架的时候，他可能会说一些很让人伤心的话，也因为这样，金牛座的很多感情都因为一时之气而无疾而终。

面对前任，感性的金牛会时常去关心对方的近况。不过，这样不咸不淡的问候经常让金牛座和前任藕断丝连，暧昧不清。

有多少人的那一句“祝你幸福”，
后面都藏了一句“我依然爱你，回来好吗？”

那一年的你为了庆祝她的生日精心准备却悄悄不让她知道；那一年的你跟她煲电话粥聊天聊到天亮其实你早就困到眼睛都睁不开了；那一年的你送她回家，她对你说我们会是一辈子的好朋友对不对，生生把你的表白给憋了回去。

你总在学校里刻意制造各种“偶遇”，想让她觉得你们是注定的缘分；你们总是隔着半个班级传字条讲属于你们的悄悄话；你听到班级里传起了有关你们的绯闻，你假装很生气却暗自开心你们的名字能被联系在一起。

可是然后呢？然后没有然后了。

也许你们开始了这段感情，也许你们没有，也许她身边出现了另一个他，又或者是，你们把互相喜欢耗在青春里，却没有在一起。那个时候总想着毕业了就能在一起了，可是真的毕业的时候，却怎么也找不到在一起的理由了。

再后来某一次的同学聚会上，你终于还是对她说“其实那个时候我很喜欢你”，她盯着你的眼睛用力地点点头说“我也是”，得到答案的你却也只是笑笑，说不出自己心里是遗憾，还是难过。

岁月是神偷，很抱歉你们谁也回不去了。于是你突然明白，原来青春的另一个名字叫徒劳。

这样的一种徒劳无功，一如当初你那么喜欢她，一如她为了等你在寒风里等了很久，一如最后你们还是分开。此情可待成追忆，只是当时已惘然。

爱情会再来，可是主角多半不是你青春里爱过的那个。旧朋友离开了会有新的朋友填补进来，但青春的回忆只有曾经的同学和老友才能共同回忆。最遗憾的是，青春不会再回来，最好的日子过去了就是过去了。

可你依然会为了那些有关旧时光的回忆甘之如饴地买单和回放，因为青春不过是淋了一场雨，感冒了，却还想回头再淋一遍。

即便你知道太多事情是徒劳无功，即便你知道有一天你们会变成不动声色的大人，即便你知道总有一天你和他的结局不过是分开，也许更坏，会变成陌生人，可是你依旧会去做，你依旧会开始那段感情。

说到底你只是愿意去赌，为了那个人，你愿赌服输。在青春里能遇到那个你愿意为他赌，他愿意在你最懵懂、最青涩的时候陪伴你的人，你是有多么幸运，那为什么还要因为害怕失去而去放弃拥有的权利呢？

在这个世界上，没有一份感情不是千疮百孔的，区别仅仅在于你如何看待它。

有些人注定只会放在你的心底，而消失在你的生活里。

你从心底知道自己是爱他的，尽管已经记不起他的样子。因为这爱如此深重，以至于你一度以为自己会忘不掉。直到有一天你发现，那些堆积在心里的思念，竟然不知不觉变得无影无踪。至少他曾经让你觉得，遇见他，是一件值得被祝福的事。

至于后来，错过了的那个人，也许这辈子也就这样了。

失去了缘分的人，即使在同一个城市里

也不太容易碰到。回忆越来越美，旧时光却把你困在里面出不来。

是啊，回忆有多美，现在就有多狼狈。

那一年，一场名为青春的潮水淹没了你。退潮时，浑身湿透的你坐在沙滩上，看着最喜爱的女孩子用力挥舞双手，幸福地奔向另一种人生。

说不定这世界上最好的感情，就是你喜欢他，他喜欢你，你们却没有在一起。

缘分这种东西，生来就是要被遗憾填充的，如果你还没有力量反抗它，只须怀着勇气等待。

关于爱的回忆里，愿你不再有悲伤、悔恨和不甘。

这样的爱情，不需要遗忘，也没有遗憾，有的只是可供一生汲取的温暖，以及走下去的勇气。

第五辑

# 温柔起来是条河，任性起来是恶魔

金牛在半生不熟的人面前，就是一个老好人，情商和智商都高。反而是在熟悉的人面前，金牛就会变得脾气倔、情绪化。

金牛在心里把关系分得很清楚，谁是路人，谁是朋友，谁是泛泛之交，谁是真心实意。

只有在安全范围内的人，金牛才会展示他最真实的一面。

既温柔也任性，既随便也倔强。这就是金牛座。

## 软弱起来就想蜷缩在家，自信起来就想闯荡江湖

不要以为金牛座眼里只有钱，他只是想通过自己的努力，为生活打下坚实的基础。

金牛是倔强而不是固执，他们骨子里充满韧性决不妥协，但也懂得变通。

金牛是想拥有完美的爱情，与爱人相守一生，但却不会因此放下自己的尊严。金牛不完美，但是懂得珍惜。

成熟，就是某一个突如其来的时刻，
把你的骄傲狠狠地踩到地上，
任其开成花或者烂成泥。
别让怯弱否定自己，别让懒惰误了青春。

也许你从小就害怕黑暗，害怕一个人过马路，害怕恐怖的电影和图片，甚至害怕看接吻的镜头时正好妈妈开门进来的尴尬。

因为你是家人的宝贝，所以他们常常对你说“没关系，有我保护你”。

曾经只要出现这句话你就会觉得很心安，你也曾以为，只要自己做大家的乖孩子就可以逃掉一切让自己害怕的东西。

可是渐渐长大，你慢慢发现，那些让自己害怕和讨厌的东西越来越多。

于是你这才知道，习惯了软弱，心也会逐渐软弱起来；习惯了依赖，会渐渐忘记如何依靠自己。一旦眼泪失去效力，一旦陷入孤立无援的境地，如果变得软弱了，该怎样保护身边的亲人和自己?

在成长的过程中，你必定会有迷茫的时候，尤其是当你发现过去的生活像是一片大沙漠，而你好像坐在沙漠的中心，没有一丝力量，只能仰头等待着救援。

你曾一度顺从了这样的枯燥，你不敢移动一步，因为你怀疑沙漠的边缘还是沙漠。你开始为自己的怯弱而迷惘忧伤，你试着努力地奔跑，以期找寻到属于自己的勇气和力量，像牧羊少年苦苦地找寻宝藏一样。

最后你终于发现，原来勇气和力量一直都在你身上，伴随着你找寻的过程而不断生长的，还有自信。

当你越来越自信的时候，你会发现自信是安静的。自信的人不需要别人的关注，只关注自身。越是胆怯的人越喜欢炫耀，那只是没有安全感的表现。不自信源于恐惧，害怕自己一旦沉默了，就会被遗忘、被低估、被当成配角。

但是随着你自信的增长，你会开始放手，因为你明白你已经拥有了需要坚持、提升和贡献的一切。你不再担心别人听不听得到你的声音。你会在适当的时候开口说话，也明白需要听你话的人准备好了就会来听。

当你越来越自信的时候，你会发现自信是静止的。你可能觉得一个自信的人每天都跟打了鸡血似的，快速前进，踢开门，迅速搞定一摊子事。但是真正的自信，比解决问题更体现耐心和毅力。

你没有必要跑来跑去，跟困难较劲。自信的人要像一个好的运动员，你采取的每一个动作都是有目的、稳定并且用尽全力的。

当你拥有自信之后，会做同样的事情。你不再需要去制造一场骚乱，而会用“安静的努力”来寻求机遇。

当你越来越自信的时候，你会发现自信也是谦卑的。也许你觉得自信等同于趾高气扬，拍胸脯说大话。但是自信知道它们从哪来，知道它们怎样抵达终点。它记得自己卑微的开始，也明白总有提升的空间。

谦卑是自信的记号，因为自信的人不怕暴露。他们知道自己的强势和弱点，能接受完整的自己。

你越自信，就越不需要说服你自己，不需要时时确认你拥有的一切，也不需要掩饰自己的不足。

当你越来越自信的时候，你会发现自信是慷慨的。你可别以为自信意味着胜利，意味着击败敌人和收集战利品。

其实打败别人的需求是建立在害怕缺乏的基础上的，因为得到的荣誉、名声、力量、表扬、爱和成功总是不够。

自信的人并不羞于迎接挑战或竞争，但自信的人也明白，成功不是要建立在别人失败的基础上。即使自己可以胜任，也会承认对手，甚至欣赏并为对手庆祝。

当你的自信增长了，你的心灵也同样会增长。你将不再担心和身边的人一起分享光环。

你可以迷茫，但是你不应该逃避现实；你可以偶尔怯弱，但在必要时你要学会拿出足够的勇气和自信。

最使人疲惫的往往不是道路的遥远，而是你心中的郁闷；最使人颓废的往往不是前途的坎坷，而是你自信的丧失。

脆弱的人才会四处诉说自己的不幸，坚强的人只会不动声色地愈加强大。

请你记住，再难也要坚持，再好也要谦虚，再差也要自信，再多也要珍惜。

# 温柔起来是条河，
# 任性起来是恶魔

成熟、固执、呆板的金牛，展现在世人面前的形象，一直都是安静、温顺的。

金牛座有好脾气是没错，那是因为金牛座比较慢热，他们习惯了积压情绪，他们会把所有不满的情绪与怒气放在心里，经过长时间的积压一旦暴怒后果无法想象。所以，请你善待身边那头温柔的金牛，别给他成为“恶魔”的机会。

如果你越来越冷漠，你以为你成长了，
但其实没有。
长大应该是变温柔，对全世界都温柔。

你要做一个自然的人，不求高贵华丽，更不要浓妆艳抹，只求简单舒适。不管心情如何，绝不会让自己颓废，每天都要干净整洁，即使不浓妆重彩也能大方得体。

这样的你，没必要刻意遇见谁，也不急于拥有谁，更不勉强留住谁。一切顺其自然，最好的自己留给最后的人。

你要做一个坦荡的人，诚实善良，不要伪装。对朋友真诚以待，和对手以实力相争。笑就尽情开怀，哭就嚎啕彻底。赢要光明正大，输要心服口服。

因为不想再被人看穿，于是学会了掩藏。因为不想再被人刺伤，所以学会了伪装。生活教会你的就是没有人可以宠你一辈子，你要想走得精彩坦荡，唯有独立坚强。其实日子过得好，真的不是有多少人疼你，而是无忧无虑无烦恼。

你要做一个坚强的人，独立自主，坚韧勇敢。面对困境，或许害怕，或许失败，但绝不逃避；面对感情，或许不舍，或许无奈，但绝不纠缠；面对未来，或许无助，或许迷茫，但绝不依赖。

有一天，当你不再遇到一点小事就沮丧，当你懂得多做少怨时，意味着你开始长大了。

不要感到彷徨和迷茫，按当时的想法去走，可以找到更顽强的自己，或者独立地朝着理想走，反正你要的时光都会给你。

你要做一个简单的人，平淡朴实，开心自然。不要无事时过分热络的友谊，不多说无谓的闲言碎语，尽可能地不去缅怀往事，慎重真心地去爱一个人，你不求深刻，只求简单。

那么多曾让人羡慕的爱情和友情，最后都无疾而终，而那些从来就没人在意的感情，却可以如此简单地相互珍惜。

你要明白，其实，只要有一双愿意握紧你的手，一颗把你放进生命里的心，这便够了。

你要做一个淡然的人，得之我幸，失之我

命。从不依靠，从不寻找，更不强求。偶尔脆弱，但一般坚强，偶尔任性，但一般理智。善待自己，相信他人。绝不小肚鸡肠，争强好胜。

人生总有一些路，需要自己走，总有一些事，需要自己做。无论坎坷，还是平坦，无论顺利，还是棘手，总得自己去面对，任何人，不论亲疏都无法代替。

艰难，我们得自己去承受，欢欣，我们得自己去感受。但若有一颗感恩的心，若有一份淡然的心境，我们会走得很踏实，做得很愉悦。

你要做一个健康的人，注重身体，爱惜自己。经常运动，多看好书，保持身体和心灵都不生病。不管在任何情况下，绝不拿伤害自己做条件，越没有人爱，就越要爱惜自己。

你要做一个爱笑的人，要用眼睛去微笑，用心去感受生活中那些微小的幸福。不管如何失望也绝不会让自己绝望，始终保持微笑，始终坚信上帝是偏爱有笑容的孩子的。

你逐渐相信，爱笑的人，运气都不会太差。

你要做一个专一的人，一辈子只爱一个人，爱上了，就一心一意。即使知道除了他之外还会出现更优秀的人，也绝不贪心。弱水三千，只取一瓢，坚定地用一颗心，去温暖另一颗心。

你要做一个聪慧的人，收敛锋芒，虚怀若谷。学会在调皮时装傻，懂得适时地退让与宽容；尊重感情，珍惜缘分。学会掌控自己的情绪，从容自若地去面对生活。

你会逐渐明白：适当的悲伤可以表示感情的深切，过度的伤心却只会证明智慧的欠缺。

不知道从什么时候开始，你已经磨平了自己的棱角。不再为一点小事伤心动怒，也不再为一些小人愤愤不平。

你以一种中庸的心态面对生活，不求有功，但求无过。或许这样很没志气，但是，你只是想过一种平淡的生活，安安心心，简简单单，可以做一些能让自己开心的事。

愿你一直被这个世界温柔地爱着。

# 你拒绝的，
# 都是在成全你自己

金牛给人的感觉就像棉花糖一样，亲和力满值，软萌好说话。但谁能想到这样的他们，其实骨子里有自己的坚持。

金牛的态度就是，小事你随意，我不在乎。但只要是我认定的事，就别想左右我的想法。

对你来说，知道你不能做什么，
与知道你能做什么同样重要。
如果你知道自己想要去哪里，
全世界都会为你让路。

这世界有太多的声音。大人在说，现实在说，过往的人在说……你可以聆听，却不能被淹没。你若知道自己想要什么，才能在有些时候选择拒绝。

谁定的路线？谁画的蓝图？创造属于你的成就，才是真正的征服，才是属于自己的胜利。

你要让世界听听你的声音，你要让别人知道你的态度，你要相信，你拒绝的，都是在成全自己。

感到迷茫的时候，就想想自己的座右铭，想要在心里刻下的“这是一个什么样的人”，一辈子朝着这个方向做就是了。

生活就是让你不断遇到你最不想发生的事情。能撑过去，你就长大了。而就算撑不过去的，也会强迫你撑过去的。因为生活就是时间，无论你能不能承受，它都不断向前，永不停歇。

痛苦不会停留，它只是像潮水拍打在你身上，习惯了，就不痛了。

你若想要得到，就别只是期望。人生短暂，经不起等待。当你真心相信一切都会好的时候，一切就会真的好了。

不管前方的路有多苦，只要走的方向正确，不管多么崎岖不平，都比站在原地更接近幸福。

人必须有一个正确的方向。无论你多么意气风发，无论你是多么足智多谋，无论你花费了多大的心血，如果没有一个明确的方向，就会过得很茫然，渐渐就丧失了斗志，忘却了最初的梦想，就会走上弯路甚至不归路，枉费了自己的聪明才智，误了自己的青春年华。

别再以为自己还有大把大把的青春可以肆意挥霍，别再以为梦想可以等以后再说，等闲了再追逐。

事实上，每一段青春都有对应的烦恼和任务，那些没完成的任务会一直存在着，当你完成了，这些烦恼和任务就会成全你，让你靠近下一步的目标。

所以，当某件事非常重要的时候，即使你讨厌，你也一定要去做，现在就做。

有没有想过，为什么你所有的过往加起来都比不上一个人轻描淡写的一段岁月？

你说，那是因为他经历过岁月的历练，他是命运的宠儿，他所经历的与你所经历的截然不同。你说你不埋怨，那是命运的趋势，这就是人生，有的人天生就是走好运的命。

其实你心中不平衡的同时，一定没有看见那些人是花光全身的力量去为之奋斗。在你缩手缩脚的时候，你绝对无法想象有人拼了命跳进苦海里，为的就是全力实现自己的梦想。

你要记住，所有不如意的现在都来自曾经的不努力。

当你身处风雨，发现无处可以躲藏；当你孤军奋战，发现无人可以依偎；你感觉到回头是如此的遥远，找不到回家的路的时候，只要你对自己说："我能走过这滂沱大雨，再一次直身挺立，我知道自己拥有重生的力量。"那么，这个世界就都是你的。

你要相信，每当感到害怕的时候，梦想会

让你变坚强。

当压力来临时，我们会发现我们比想象中要更强大。

当你说“我做不到”的时候，请先想想“为什么”；当你说“对我来说太难了”的时候，你问问自己“你怎么知道太难”；当你说“我做不到那么努力”的时候，你反问自己“如果做了会怎么样”；当你怀疑自己“我不够聪明，解决不了这件事”的时候，你要鼓励自己“你不尝试怎么能如此确定”。

其实，你比自己想象的要强大。

很多人低估了自己的能力。当你发现你真正能获取什么的时候，当你知道你想要什么的时候，你会发现自己强大得不可思议。

所以在开始的时候，你不知道自己想要什么是正常的，因为你还年轻。

你只有一路跋涉，历经艰难和险阻，承受挫折和磨砺，尝遍欢笑与泪水，才能最终找到自己真正想要什么，这才是活着的意义。

# 越长大，越迷茫

金牛座喜欢自然舒适，崇尚爱与美好；很多时候大大咧咧，但对自己在意或关注的人和事非常敏感；老好人形象，给人亲近感；喜欢被人呵护的感觉，并大方地回报对方。

金牛有远大的理想，做事实际，偶尔缺一些韧性和长远的规划。对于他否认掉的人或事，很难再次接受。

梦想无论怎样模糊，总潜伏在我们心底，
使我们的心境永远得不到宁静，
直到这些梦想成为事实。

你总是喜欢把事情拖到第二天，你不能总是这么拖了，有一天，你会有很多事情要做，你的余生都不够你用。

你想起几年前的自己，坐在教室里自习到教学楼熄灯锁门。当时的你咬着牙对自己说，“一定要以最骄傲的姿态离开，考上梦想中的大学”。

你看看今天狼狈不堪的模样，有什么可以骄傲？难道还没感觉到危机？

想起那年的你对自己说，“不论我今天有多么彷徨迷茫，有一天，我都要过上自己想要的生活”。

以你现在的状态，凭什么？

你唯恐他人受到伤害，不忍心拒绝任何请求，发一条短信都要忖度语气，却还是懊恼自己考虑不周全。自己都费解，究竟是想讨好谁。

你希望自己可以宠辱不惊，喜怒不形于色，却总是习惯把一切写在脸上，可是谁又在乎过你？

你害怕听过去的歌，想从前的人，更怕忆起当初的梦想。当初那个勇敢的你跑到哪里去了呢？

没有人的青春不迷茫，没有谁的青春是踏着红地毯走过的。昨天的你在操场上和好友手舞足蹈聊梦想，今天的你是否配得上当初的梦想？

你要记住，懒惰是一种奇怪的东西，它让你以为是安逸享乐，其实却是在百无聊赖的日子里绵延的不安。它让你惶恐，焦虑，却不肯狠下心来付出一点努力。

你本就不是与世无争的人，却因为自卑与懦弱为自己寻找逃避的理由，当机会溜走，你便陷入无尽的愤怒与懊恼中。多数时候，人的愤怒来源于对自身无能的无可奈何。

不要再追忆你那些似水流年了，回忆早就

在怀念里被描画得失去了本色。

你要知道，当你荒废青春的时候，你也就不配回想，因为你已经配不上你当初的梦想了。

生活像一把无情的刻刀，改变了我们的模样。未曾绽放就要枯萎了，你甘心吗？

别等到有一天，真的有个人，在你面前告诉你：你不配拥有你当初的梦想时，你才幡然醒悟。

希望有一天，你可以大声喊出："我配得上我当初的梦想！因为我努力了！而且是竭尽全力！"那时，你会听到自己给自己的掌声！

你要相信，发生在每个人生命中的所有事件皆有意义，都是上天特别的安排，只是看我们有没有足够的勇气，去发现那份属于我们独一无二的可能，又或者，我们是否有足够的智慧，去理解这份安排好要教导我们的教训。

一个能把每个当下过好的人，就不会后悔。

岁月和时光会告诉我们最终的答案，每个人的青春都一样珍贵，所以你无论到多大年纪都无须自怨自艾。

人生从来就是孤单的旅程，无论生命中有没有人与你相随，都请你不要对人产生依赖，不要辜负时光，以及你对梦想的憧憬。

成就你自己，岁月会变得更加真实而美丽。

也许你在经历一段挺纠结的岁月：想成为家人的依靠，却发现生活远比想象艰难；安慰自己还小，不少朋友看来却过得风生水起。

不用着急，也不要沮丧，只要你还年轻，只要你还相信梦想和努力，你也会同样熠熠发光。坚持，坚守，改进，做更好的自己。

梦想也许今天无法实现，明天也不能。重要的是，它在你心里。重要的是，你一直在努力。

越成长越容易迷失梦想，因为顾忌太多而变得犹豫、懦弱。越经历越怕受伤，把真心话都无声收藏。

你不知道自己从什么时候开始变得那么小心翼翼，想东想西，好像长大这件事，再也不像小时候以为的那样美好。

但人生就是这样啊，得有烦恼，有悲伤，然后才可以在哭的时候笑出来，大声说句我还好。

人人都有梦想，然而，有的因困难而退缩，有的因失败而气馁，又或因懦弱而放弃。当你不敢追求梦想时，你的人生只能在原地踏步。

你要记住，唯一能阻挡你实现梦想的，就是你自己。

梦想是一个说出来就矫情的东西，它是生在暗地里的一颗种子，只有破土而出，拔节而长，终有一日开出花来，才能正大光明地让所有人都知道。在此之前，除了坚持，别无选择。

# 懂得让步的人，是最可爱的人

金牛座发脾气有个渐进的过程，首先是沉默不语，但是却已经散发出危险的气味，接着开始表露出烦躁的表情，最后就是大爆发。

发完脾气的金牛需要很长的时间才能恢复到温顺的状态。所以千万不要将金牛座逼到生气的地步。切记，不要冤枉金牛，那是他最容易被激怒的事情。

金牛座善于让步，但是要想长久地与金牛座相处，也需要你偶尔做出一些让步。

有时候，我们愿意原谅一个人，
并不是我们真的愿意原谅他，
而是我们不愿意失去他。
道歉并不总意味着你是错的，
它只是意味着你更珍惜你们之间的关系。

最在意的，往往就是你最自卑的；最想要的，也许就是你快失去的。太想缝好针的手会颤抖，太想踢进球的脚会走偏，太想抓住的感情会逃走。

你要记住：有一种失败叫占领，有一种胜利叫撤退。你又何必太在意胜负输赢？

懂得让步的人是懂珍惜的人。只有那些没安全感的人才会因为觉得喜欢的人没有那么喜欢自己，一点小事就可以让不稳定的情绪爆发，之后在冷战中等待别人的让步，结果只会导致互不理睬，不欢而散。

其实道歉并不一定代表自己真的错了，只是认为这段关系比自己的尊严更加重要，说明你更害怕对方的沉默不语，有时觉得沉默比争吵更加难熬。

懂得让步的是聪明的人，美好的生活应该是时时拥有一颗轻松自在的心。苛求是带刺的尖刀，你苛求别人，别人也不会饶了你。在宽大平和之中，认识这世界的可爱和可赞之处，才不辜负我们这难得的一生。

懂得让步的人是最可爱的人。让步，在情感中不是退却，也不是从权，而是一种尊重，一种人格，一种胸襟，一种涵养。

无论生活还是恋爱都如同跳舞，总要学会退让。强硬的姿态，站久了会累。弯腰、低头，不是认输，只是为了拾捡起幸福。

能让你放下身段的生活，才是舒服的生活；能让你放下骄傲的人，才是能够在一起的人。

一个懂得体谅的人，宁可扮演失意的人，也不用自己的光芒去刺伤自己心爱的人。刺伤了他，你想得到什么呢？爱就要懂得体谅，懂得让步。

如果，你动不动就与亲人争执，寸土不让，

哪怕口舌上的输赢都要争，可以保证，你在外面必定没有什么作为。

何谓成熟的人呢？对自己人、对家人、对爱人，很温柔，温柔得如同孩子。而对外，对困难，则蔑视，毫无惧意，顶天立地，不慌不忙，淡定从容。

小时候我们拼命想长大，长大后才发现还是童年最无瑕；读书时我们做梦都想工作，工作后才明白还是寒窗时光最让人留恋；单身时羡慕别人出双入对，结婚后才懂得单身的自由也是一种无比的幸福……

我们总是一路向前走，走过了也就错过了，唯有珍惜即时的拥有，生命的记忆里才会少一些悔与恨。

长不大的人最重要的标志，就是跟自己人，跟自己所爱的家人无谓地争长短，论输赢。

那些看起来很爱面子的人，其实，通常内心充满着不自信的胆怯；那些装成坚强、从不会懂得认错和让步的人内心往往都充满着嫉妒、狭隘，很难让阳光照进他们的心灵。

一个不懂得为亲人让步，为朋友让步，为恋人让步的人，是缺乏胸襟的人，最不可交的人。试问一个连自己人都斤斤计较的人值得交往吗？

你要知道，先呈现脆弱的，往往不是脆弱，而是勇气；先让步的，往往不是示弱，而是明智；先道歉的，往往不是有错，而是宽容；先示爱的，往往不是掉价，而是情到深处的表现。

之所以能够先做，是因为敢于面对、敢于挑战、敢于失去，最重要的是敢于生活！太多的人因为怕，怕丢面子而失去了爱和生活。

人生在世，许多事，如果不涉及原则，不妨忍一忍，让一让，没有翻不过的山，没有越不过的河。

争执双方各让一步，就会减少多少无谓的争吵，就会融化心灵的冰霜。

忍一忍，海阔天空。不只是情绪要忍，吃饭要忍，孤独也要忍。忍一忍，好事就来了。

# 不必怯弱，
# 你配得上你拥有的一切

和金牛交朋友，会感觉到很轻松，也很愉快，他将会是最好的倾听者，也许他帮不上你的忙，但他们会听你倾诉，会安慰你。

金牛是美食鉴赏家，也是理财小能手，多数情况下独立且低调，不娇气，给人一种踏实、靠谱的感觉。

之所以害怕拒绝别人，
是因为害怕有一天被别人拒绝。
而事实证明，
即使你不拒绝别人，
别人也会照样拒绝你。

有的坏情绪会突然“驾到”，那种莫名的压抑常常让自己透不过气，可是又无处可逃。心底好像有一个蹲在墙角啜泣的孩子，一声一声，把自己的眼泪也要勾出来。

有些记忆里的人会不经意地出现，意外地给你惊喜，让你以为他是你生命中的神，可以拯救干涸的心。后来却发现是错的，他注定只是人生里匆匆行走的过客。

于是你对这个世界充满了疑惑和恐惧，你害怕开心的都会被不开心的替代，你害怕拥有的都会变成失去的。

其实，没有结果的感情，迟早是要消逝的；无法拥有的人，总会有遗忘的一天。人生没有永远的痛，没有过不去的坎，没有忘不掉的情伤。

不要急，不要哭，不要怕，相信时间，你要相信你自己，相信上天会善待你的每一段岁月。

你一定要等，总有一天，会有一双手温柔地牵着你，带你走出回忆；总有一个机遇会不偏不倚地撞上你，带你走出阴霾。

小时候，父母经常叫我们向别人家那谁谁谁学习，长大了，我们自己也恨不能成为别人家那谁谁谁。我们似乎很难找到自身存在的价值感，于是慢慢习惯了去抬头仰望他人。

其实，何不学着把视线放平，把心态放平呢？就看你的前方，你的脚下。他人的灿烂或阴霾，于你无关紧要。

心智成熟的人充满自信和宁静。一个内心不相信自己的人，即使有了爱自己的人，即使有了关系很好的朋友，他也会在这段关系中，处于不平等状态。

如果你喜欢一个人，你一定要相信自己配得上他；如果你拥有一份让人羡慕的友情，你一定要相信你配得上这份友情；如果你取得了一份骄人的成绩，你一定要相信你的付出配得上这样的荣誉。

你要相信，你能得到的，都是你有资格拥有的。

这是你平等恋爱、平等相处，平等地与生活握手言和的最大前提。

经过了一次又一次的失望和落寞，你终于明白，要得到你想要的某样东西，最好的办法是让自己配得上它。

亲爱的，不管你是谁，一定要相信自己，你配得上得到一个优秀的人的爱；你配得上一个优秀人物的友情；你配得上所有你取得的成绩。这不是想入非非，因为上天是公平的。

你要记住，你能得到的，就是你应得的。所以有了目标就赶快去争取，得到了就赶快去珍惜。

亲爱的，我愿你永远温柔善良，我愿你永远努力向上，我愿你永远独立坚强，我愿你永远可以比昨天的自己更棒一点，我愿你永葆一份童心，我愿你永远眼里有美好、心里有安宁。

我愿你不随世事沧桑而面目可憎，我愿你能够以出世心做入世事，我愿你能扛住光怪陆离繁华诱惑，坚守心中最初的纯净，不骄不纵、安然自在。

# 宁可错过，也不将就

金牛座说话、做事，都有自己的行为准则，并且严格遵守，不轻易被外界的观点评价干扰、左右。

金牛座希望过着平淡安稳的日子，可前提是遇上一个完全跟自己对味的人，倘若暂时碰不到合适的人，一向慢步调的金牛绝不会慌忙去将就，他相信，缘分这种事强求不得。

金牛相信，自己也只有一个一生，无法慷慨赠予不爱的人。

如果这个世界上曾经有那个人出现过，
其他人都会变成将就，
而我不愿将就。

当他的电脑里还存着和前女友的亲密照片，当别人问他有没有女朋友时他却忙着否认，当他沉迷于游戏而不愿花时间去照顾生病的你，当他朝三暮四，当他暧昧不清，当他不尊重你，当他习惯说谎，当他常常忽略你，当他说话总是不算数的时候……你还在犹豫什么？

你是可以不介意卑微，但你要在伟大的事物面前卑微，而不是在没有应答的爱情面前卑微。

如果多次沟通也无用，如果发现他不是自己想要找的人，如果认定他真的改不了，而自己也始终心存芥蒂……为什么就不肯早一点儿，毅然决然地放弃这段感情呢？

是会有不舍，但长痛不如短痛。趁还年轻，别将就了。

爱情是不允许妥协的，感情更是不容将就。因为你对生活妥协将就得越多，你的一生必定活在别扭里；若是对感情将就得太多，那么你的爱也必定是微不足道的。

你退缩得越多，能让你喘息的空间就越有限；有时候，日子不是用来将就的，你表现得越卑微，一些幸福的东西就会离你越远。

在有些事中，无须把自己摆得太低，属于自己的，都要积极地争取；在有些人前，不必一而再地容忍，不能让别人践踏了你的底线。

两个人之间的感情于初见都是完美的，然后不完美不珍惜的人们一点一点地、有意无意地给它划上伤痕，划上了便不会再痊愈。直到某天遍体鳞伤，也就散了。勉强凑合，也形同虚设，再无意义。

与其浪费时间去修补裂痕，何不趁早去寻找到另一个更适合自己的人。

所以你从一开始就不该将就，你可以将你不愿意将就的理由归结为“年轻、自信”，也可以归结为“我想过更好的生活，我想遇见更适合的人”。

尤其是趁你还年轻，还有资本，还有追求者，还有时间重新开始的时候，如果你现在就将就，那你注定不会知道你最爱的人和生活会是什么模样。

所以，从现在起，你要做一个不随便、不将就的人。不随随便便地谈恋爱，不随随便便地过日子，不随随便便地穿着打扮，不随随便便地学习工作，不随便地做出决定和选择，不随便地去爱和不爱。

不随便笑，因为你得保证每一个笑都是真诚的；亦不随便哭，因为你得保证每一次哭都是值得的。

你不必要求另一半要有多帅、多有钱。你需要他对你用心，对感情负责。

比起“有总比没有好”，你还是要选择“宁缺毋滥”。因为你不想郁郁寡欢地过一生，那你宁愿轻松自在地孤独终老，也别再过抓心挠肝的日子。

你要知道，错的爱是喜欢却不合适的鞋，穿了脚疼，扔了心疼。

什么叫将就？将就就是：你明知道自己不会和这个人在一起，还是会去享受这份恋爱的心情。然后到了合适的时候，离开，去和不爱但是很合适的人在一起。

什么叫固执，固执就是：你以为他是你甄选的人，既然他已经闯进你的心里，那么你就要牢牢地抓住他，不给他任何离开的机会。

其实，真正的感情和缘分是没法将就和固执的。你要记住，任何将就而来的东西，终究是会带着遗憾离开。

如果一开始就没有握住那双想要牵的手，那错过的岁月就会成为不断地寻找和将就。

如果他要离开你，即使你再紧张再将就再低声下气，他也不会留下。如果他离不开你，就算你给他再多自由，他也不会走。无须因为害怕失去而将自己变得卑微渺小，最好的自己只留给愿意珍视的人。

愿你始终相信爱情，找到一个不是“将就”的人，拥有一场叫“因为爱情”的恋爱。

第六辑

# 以自己喜欢的方式过一生

金牛贪吃，一头胃不好的金牛简直就失去了人生的意义。也正因为偏爱美食，所以金牛浑身充满了治愈的能量。

金牛不懂甜言蜜语，不屑拍马屁，本能地排斥虚伪和做作的人。当他变得冷淡，就证明他开始对你重新审视；当他变得沉默，就代表他是生气了。

不论是对待友情、爱情、亲情，还是生活、学习、工作，金牛座更倾向于一种稳定和平静的方式，他喜欢这样的生活。

愿所有的金牛都懂得爱自己，并且能够选择自己喜欢的方式过好一生。

## 先变成自己喜欢的样子，再遇到一个不需要取悦的人

金牛喜欢口是心非，想拒绝却开不了口，朋友挺多，但真正懂他的却不多。

金牛不喜欢欠别人，即使欠了，也会在对方不知情的情况下还了；金牛也不喜欢别人欠自己，这是一种平衡。

金牛不喜欢主动联系别人，但绝不是不在乎。金牛很安静，也很疯癫，不要觉得他没心没肺，他只是对很多事看得很开。

如果一段情、一个人，得让你耗费巨大精力来取悦，
这已注定不是能陪你到最后的缘分了。
最爱你的人，不会舍得你如此辛苦。

这个世界既与你无关，也与你有关。与你无关，是因为它不会特别地对你好，也不会特别地对你不好；与你有关，是因为当你笃定地做自己的时候，这个世界会因为你而变得更加的绚丽。

所以，请你一定要拿出全部的精气神和十足的耐心，去爱你自己，去见识这个世界冷酷又微妙的美。

如果你想要踏实，你就得踏实；如果你想遇到一个让你欣赏的人，那就得让自己具备被他人欣赏的特质。先变成自己喜欢的样子，再遇到一个不需要取悦的人。

有时候，等待一点也不可怕，老天让你等，是为了让你做更正确的选择遇到更合适的人。你只有在等的时候，把自己变成一个值得被等待的人，才能被同样在等待的人看到，并且相遇；你只有在等的时候，保持耐心，充实自己，才会变得比昨天更好，变得可以配得上你想要遇到的人。即使你没有和刚开

始想要在一起的人在一起，你也没有白白辜负这段等待。

关键是你在等待的同时，把自己变得足够好，而不是停在原地，就像是想要有灵魂伴侣，那你就得先找到自己的灵魂。

每个人都会等，每个人都在等，有人败给等，有人终于等到。

只是不管如何，你得在等待时把自己变成至少自己不讨厌的样子。

就这样，一步步把自己变得美好，眉目清爽，嘴角要笑，心要善良，做一个讨人喜欢的人，无论发生什么都不要失望，不要丢掉希望，相信并坚定这个世界没有想象中坏。

生活终将收起锋利的棱角，然后用温暖的闪耀的光芒紧紧地拥抱我们。

卢梭说过，上帝把一个人造出来后，就把那个属于他的模子打碎了。

因此，没有第二个“你”，也没有人能够代替你感受人生。你对自己不满意，或者总是按照别人的意见生活，丢掉原点去盲目改变，去习惯模仿，去刻意顺从，都是不会成功的，都是不美的，因为所有的模子在生命诞生后都被打碎了，你不可能另起炉灶，再造模式。

即便能造，人造的模子也是僵死的，在造成的时候就意味着僵死，是更需要打碎的——难道这种模子比上帝的模子还完美吗？

忙对于很多人来说已经成为常态，问题是他们认为常态就是正常，不忙才是异常，他们连忙里偷闲都做不到了。

那么，这么忙、那么忙，到底为的是什么？

应该看到，很多人的忙都是误认为外部世界就是一切，因为恐惧错过而马不停蹄，匆匆追赶。可是事实是，我们接触到的外部世界永远有限，外边的任何东西都不能彻底解除我们心灵的饥渴。

旅行、读书，但凡能让内心更丰富的事情，即便强迫自己也要多去尝试。人的狭隘、纠结、怯弱，全都是因为世面见得太少。

岁月会把你变成平凡的人，经历却让你成

为非凡的人。我们必须很努力，才会成为自己喜欢的人。

也许你也曾迷茫，青春应该怎么过才不算虚度？

慢慢地你会发现，其实只要你认清内心，量力而行，遇事不强求攀援、不怯弱退缩，不遗余力之后再顺其自然，这就是面对青春最美好的姿态。

只有这样，你才知道，平凡或者热烈都不重要，那不过是形式问题，只要你的本质不违背生命的初衷，不至于让你十年或者二十年后回头看的时候，为了今日的自己懊恼悲愤、沮丧遗憾。

你要记住，途径繁复可终会抵达同一处目的地，走捷径的落一身清闲，进了岔路的收获满眼风景，都好。

# 给每一个日子，
# 取一个温暖的名字

金牛座既是习惯多思多虑的星座，又是一个不拒绝享乐的星座。他们对新事物适应较慢，不愿意轻易改变自己的生活习惯。

金牛座不喜欢激烈的东西，觉得危险不可靠。喜欢营造自己的生活圈，在固定的时间见固定的人，去固定的饭馆，吃固定的饭菜。

爱自己的人脸上散发的光芒是骗不了别人的，
你会活在平静、淡定、喜悦中，
绝少埋怨，鲜有不满，
没有太多话需要澄清，内心是一片宁静而有力量的海。

人想要终生都被他人无微不至、毫无保留地爱着、呵护着，是件很不易的事情。这并不是依靠自己的努力就能获得的，需要极佳的好运气。

但是，终身爱自己却是可以实现的。每个人，都要和自己谈一场终身的恋爱，你只有爱自己，才能使自己获得快乐；也只有爱自己，你才能让身边的人也感受到快乐。

对每个人来说，能无时无刻不与其终身为伴的，只有自己。你存在，才会感到整个世界存在；你看得到阳光，才会感到整个世界充满阳光；你失去平衡，才会感觉整个世界失去平衡；你消失，世界也就随之消失了。

你就是你能拥有的全部。

所以，不要去等待别人来斟满自己的杯子，也不要一味地无私奉献。所谓“杯满自溢”，如果你能先将自己面前的杯子斟满，心满意足地快乐了，自然就能将满溢的福杯分享给周围的人，也自然就能快乐地接受世间一切美好的赠予。

当你开始真正地爱自己，你就会意识到，所有的痛苦和情感的折磨，都只是在提醒自己：活着，不要违背了自己的本心。你终会慢慢明白，这才叫作“真实”。

当你开始真正地爱自己，你就会懂得，把自己的愿望强加于人，是多么无礼，就算那个人就是你自己。因为你知道，时机并不成熟，那人也还没有做好准备。你终会慢慢明白，这才叫作“尊重”。

当你开始真正地爱自己，你就不再渴求不同的人生，你就会知道任何发生在你身边的事情，都是对你成长的邀请。你终会慢慢明白，这才叫作“成熟”。

当你开始真正地爱自己，你就会明白，你其实一直都在正确的时间、正确的地方，发生的一切都恰如其分。由此你得以平静。你终会慢慢明白，这才叫作“自信”。

当你开始真正地爱自己，你不再牺牲自己的自由时间，不再去勾画什么宏伟的明天，今天你只做有趣和快乐的事，做自己热爱、让心欢喜的事，用你自己的方式，以你自己的节奏。你终会慢慢明白，这才叫作“单纯”。

当你开始真正地爱自己，你开始远离一切不健康的东西。不论是饮食和人物，还是事情和环境，你远离一切让你远离本真的东西。从前你把这叫作“追求健康的自私自利”，你终会慢慢明白，这才叫作“自爱”。

当你开始真正地爱自己，你就不会总想着要当个圣人，每天紧绷着神经，要自己永远正确，不犯错误。你终会慢慢明白，这才叫作“谦逊”。

当你开始真正地爱自己，你就不会再继续沉溺于过去，也不再为明天而忧虑，你只活在一切正在发生的当下，如此日复一日。你终会慢慢明白，这才叫作“完美”。

当你开始真正地爱自己，你就会明白，你的思虑让你变得贫瘠和病态，但当你唤起了心灵的力量，理智就变成了一个重要的伙伴，这种组合就是“智慧”。

今天，你要把每一个日子都过得温暖美丽。不论是风雨兼程，还是披星戴月，它都是你这一生中，最珍贵、独特，不可复制，不能再来的日子。

所以，请给每一个日子都取一个温暖的名字。然后，把最好的自己留在最美的时光里，让自己赏心悦目，让生活浪漫富足。

每个人都有自我的孤独时刻，不要因为觉得暂时无人陪伴就自怜自哀。我们都一样，任何时候都不要妄自菲薄。

在这个世界上，最不能放弃的只有自己。亲爱的，我们都要好好的，以自己喜欢的方式过好这一生。

愿你比别人更不怕一个人独处，愿日后想起时你会被自己感动。

# 做一个简单的人，不庸人自扰

金牛是喜欢按自己的方式生活的星座。他们不轻易改变自己的生活习惯。

执着是金牛座性格上的突出特点，同时也是主要缺点。平时温文尔雅，偶尔也会生气，但是多数情况下，金牛座总能很好地调节自己的情绪，不会让别人难堪。

金牛座崇尚简单的生活，简单到让很多人以为他什么都不想要。

你再怎么改变也不能让每个人都喜欢你，
所以你还不如去做一个自己想做的人。

你喜欢过简单的生活，喜欢不复杂的关系，简单地爱和欢喜。

生活在这个世界上，你不愿光怪陆离，也同样不喜欢动荡不安。为了过一种简单、真实而平等的生活，你宁愿一切都是单线条的，不需要太多的思考。

因为你知道，各人有各人理想的乐园，有自己所乐于安享的世界，朝自己所乐于追求的方向去追求，就是你一生的道路。

你总是避开无事时过分热络的友谊，这使你少了很多负担和承诺。

很多人喜欢热情，喜欢一见面就寒暄个没完，表现出十二分的热情。但这热情里又有多少真实的温度？你却保持适度的距离，以免给人增添不必要的负担，也少了一些不必要的承诺。因为你知道，真正的友谊其实是多久不见也不会生疏，不必说话也会心有默契，而在真正需要的时候，一定会为你挺身而出。

你不多说无谓的闲言，这使你觉得清畅。

你坚持“静坐常思己过，闲谈莫论人非”。因为你知道，生活中，那些闲言碎语常常会滋生出事端。不说那些不必要的闲言，不品头论足是一种尊重和生活态度。不去参与，就不会置身于事端之中，就会省却不必要的麻烦。也就不会伤人，更不会伤己。

你尽可能不去缅怀往事，因为来时的路不可能回头。

你坚持“过往不念，未来不惧”。因为你知道，不沉溺于过去，就不会被过去的生活所左右，不会停留在过去的成就里沾沾自喜、裹足不前，也不必停留在过去失败的泥潭里不能自拔；不忧心于将来，相信一定会有属于自己的美好人生。

你相信，那些你想要的，一定是在到来的路上，不必为未来忧心忡忡，人生要勇敢前行，曾经努力过，就会有收获。

你有所保留地去爱别人，有所选择地去结交朋友，因为不论是爱心，还是善良，都不会泛滥。

生活在这个复杂的世界上，感情是奢侈品，如同一件绝世的青瓷，你总是小心翼翼地去爱，如若不是，便小心轻放。

你知道人生就是这样，如同一场化装舞会，教会你最初舞步的人，未必能够陪你走到散场。

你爱哭的时候便哭，想笑的时候便笑，你只要这一切是出于自然，是出于简单。

很多人总是强颜欢笑，压抑自己内心真实的想法，始终生活在别人的阴影之中，人们就很难发现真正的你。我们应该真实地活着，我们生活着，都力图能够生活得更长久，不必把原本简单的生活搞得复杂。

因为，在这个复杂的世界上，你终究想做一个简单的人。

有时候无所谓一点，或迟钝一点，或用相对的眼光看世界，就是简单自在的来源。对朋友好，令他们相信在世上并不孤单，便足够了。

别人拥有的，你不必羡慕，只要努力，你

也会拥有；自己拥有的，你不必炫耀，因为别人也在奋斗，也会拥有。

多一点快乐，少一点烦恼，生活就是这么简单。

光阴蹉跎，世界喧嚣，你自己要时刻保持警惕，在人生旅途上保持一份童趣和闲心是不容易的。

如果哪一天你只是埋头于人生中的种种事务，不再有兴致地趴在车窗旁看沿途的风光，倾听内心的音乐，那时候你就真正老了俗了，那样便辜负了人生这一趟美好的旅行。

真实的生活是，认真做好每一天你分内的事情。不索取目前与你无关的爱与远景；不纠缠于多余情绪和评断。不妄想，不在其中自我沉醉；不伤害，不与自己和他人为敌；不表演，也不相信他人的表演。

愿你一生清澈明朗，所求遂所愿，做你愿做之事，爱你愿爱之人。愿我们都继续像月亮一样，偶尔安慰一下寂寞的人。

# 所谓的选择，
# 就是懂得取舍

金牛性格随和，至少相处起来是这样。他不会说一些让人下不来台的话，或者做一些令人尴尬的事，尤其是面对不太熟的人，他们会更为谨慎。

金牛和人刚接触的时候内心的设防会很严重，他的自我保护意识非常强。但有意识归有意识，金牛的心是最软的，也是最好瓦解的，只要对方真心，他绝不藏着掖着。

在这个世界上，
没有一劳永逸、完美无缺的选择。
你不可能同时拥有春花和秋月，
不可能同时拥有硕果和繁花。

生活是一首歌，吟唱着人生的节奏和旋律；生活是一条路，延伸着人生的足迹和希望；生活是一杯酒，饱含着人生的清醇与忧愁。

生活是一团麻，交织着人生的烦恼与快乐；生活是一幅画，描绘着人生经历的红绿蓝；生活是一团火，燃烧着人生的憧憬和梦想。

一切，都在于自己的选择。选择了什么，就该去承受什么。

心灵的房间，不打扫就会落满灰尘。蒙尘的心，会变得灰色和迷茫。我们每天都要经历很多事情，开心的、不开心的都在心里安家落户。

如果你选择把事情都堆积在心里，那么你的生活就会变得杂乱无序。有些痛苦的情绪和不愉快的记忆，如果充斥在心里，就会使人萎靡不振。

所以，扫地除尘，能够使黯然的心变得亮堂；把事情理清楚，才能告别烦乱；把一些无谓的痛苦扔掉，快乐就有了更多更大的空间。

你要明白，所谓的选择，就是懂得取舍。

不管昨天发生了什么，不管昨天的自己有多难堪，有多无奈，有多苦涩，都过去了，不会再来，也无法更改。

就让昨天把所有的苦、所有的累、所有的痛远远地带走吧，而今天，你要收拾心情，重新上路。

所谓一个人的长大，便是敢于惨烈地面对自己：在选择前，有一张真诚坚定的脸；在选择后，有一颗坚持到底的心。

收拾心情，重新上路，轻松的旅程将伴随着愉快的收获与你一起度过人生的每一段岁月。

让感动的融融暖意，永远留在心中，即使有一天你不得不背负巨大的苦难，也不会放弃对生活的热爱。

阳光不同，是因为心情不同；绿叶不同，是因为风向不同。生活就是这样，人生会面对不同的选择，不管你的选择是什么，请别忘记：路是自己走出来的，快乐是自己创造出来的。

人，哭着喊着跑到这个世界上来，面临的首要问题就是生存。要生存，就必然遇到竞争；有竞争，就必然有压力。

所以，只要你选择活着，就注定要承受生存所带来的各种各样的压力。我们只有勇于正视压力，学会承受压力，才能在日趋激烈乃至残酷的生存竞争中，永远立于不败之地。

无论如何选择，只要是自己的选择，就不存在对错后悔。过去的你不会让现在的你满意，现在的你也不会让未来的你满意。当初有胆量去选，同样该有勇气把后果承受。

谁不希望自己活得轻松，没有压力，一切随性，但如果你真的那样去做的话，你会发现这个世界都在和你作对。

如果有一天你真的觉得自己轻松了，那也不是因为生活越来越容易了，而是因为我们越来越坚强。

别太在意年轻时候做的一些选择，青春这个东西，不管你怎么过，严谨也好疯狂也好，认真也好随意也好，反正你都一样会把它过得乱七八糟。

不应该在该奋斗的年纪去选择偷懒，只有度过了一段连自己都被感动了的日子，才会变成那个最好的自己。

有些事，不说的话自己又觉得憋屈，说了的话又怕被人说矫情，其实这就是内心不够强大的表现，所以无法做到将坏情绪自我消化，也无法做到心无旁骛不畏人言。

人生的路，靠自己一步步去走，真正能保护你的，真正成就你的，就是你自己的选择。那么反过来，真正能伤害你的，也是一样，是你自己的选择。

没有前进目标的人，是不会走得很远的。选择做一个什么样的人才是根本；确定一个正确的人生目标才是方向。

只愿你我都能早日拥有一颗强大的内心，好抵御未来那些未知的风雨。

# 慢慢来，
# 你终会变成
# 被喜欢的样子

金牛座是慢性子，他做事和想问题时，不要太催促他。否则他会变得消极或固执起来，以至于被人误认为愚笨。一旦金牛步入正轨，情况就大不一样了，他会表现出顽强的刻苦精神。

对金牛座而言，成败的关键是要以极大的耐心把他引导到正确的轨道上来。所以，既要对金牛有信心，也要给金牛时间和耐心。

一个人起码要在感情上失恋一次，在事业上失败一次，
在选择上失误一次，才能真正地长大。
所以，别怕输不起，一切来得及。

那些早早找到自己的人生梦想，遵循天命的人，固然很幸运；但是那些还没有找到自己应该走的道路的人也不必感到万分痛苦，因为一切都还来得及，你要给自己慢慢来的机会。

人拦不住时间，亦拒绝不了苦难，所能做的，就是守住自己浅淡的一颗心，在来得及的时候，让自己赏心悦目，让生活浪漫知足。

不管你想要怎样的生活，你都要去努力争取。遇到你喜欢的人就去追，有了想做的事情就去尽力实现。只有努力过了，才知道自己真正要的是什么。

不遇到一些坏人，怎么分辨出好人？不试错几个对象，怎么知道自己跟什么样的人处得来？不多尝试一些事情，怎么知道自己喜欢什么、不适合什么呢？

因为经历，所以懂得。该做些什么、走怎样的路，应该遵循着内心的声音一步步摸索出来，试错出来；摔倒了，爬起来；撞个头破血流，往后退；走岔了路，就退回来；走得太急，就慢一些；迷路了，停下来想想，再继续走。

你要做的就是不要给自己的人生设限，倾听内心的声音，遵从自己内心的意愿，慢慢来，一切都来得及。

心慢下来，行动才能快起来。

如果你已经找到自己的方向了，也已经努力了，但是你还没有得到你想要的，那只是时间还不够，你的努力还不够，你的成长还不够。

你要相信，上天一定会眷顾那些持续努力、不断坚持的人。亲爱的，请你切记不要着急，学会沉淀自己，慢慢来，你会拥有你想要的未来。

如果一辈子等于一天，二十几岁顶多就是早上的七八点钟，是正要出门的时刻。所以请你不要以“我已经来不及了”为借口，你还年轻，还可以跌倒，还可以犯错，还可以反悔，还可以重新出发。

未来还没到来，一切都还来得及，没有什么不能改变。

如果你希望未来的自己能说一口流利的英语，那么今天就开始学习吧；如果你希望未来的自己能掌握一种乐器，那么今天就找个老师上课吧；如果你希望未来的自己博学多才，那今天就看一本书吧；如果你希望自己爱上将来的自己，那么今天就开始改变和完善自己吧。

你现在走的每一步都指向你的未来，与其悔恨过去不努力，担忧未来不美好，不如脚踏实地地过好现在。

如果你想到达明天，那么今天就开始起程吧！

当你相信一切都来得及的时候，你就会选择一种缓慢的、适合自己的成长方式。

所以，当大家都喜欢谦和活泼、总有好笑容的人，你知道别人也并不讨厌棱角分明、敢爱敢恨的小勇者。

当大家都喜欢声线柔和、嗓音亮丽的人，你知道别人也照样会被荒腔走板、歌不成歌的人逗乐。

当大家都喜欢肌肤如雪、秀丽明艳的人，你知道别人也一样觉得模样不过不失、端庄平和的人很舒服。

人情练达向来都是大学问，但有性情脾气也是一种纯真。人有百样，自己先喜欢自己的这一样，别人的情绪才会被你感染，也才有可能逐渐地喜欢你。

茫茫人海，芸芸众生，总会有人欣赏你的，或是一句话，或是一个回眸，又或是一个细小的动作……只有拨动你心弦的人，才能一起欢歌。

你要相信，未来一定会有人爱你，如爱至宝。

人生往前走，都想抓住些什么，抓住的当然不会全是美好记忆。慢慢来，别着急。

人生说短却也长，“慢慢”这两字箴言像是温柔咒语。慢慢来，慢慢来，这生活里的滋味原来就应该慢慢体味，才品得出上帝给你的菜不是残羹剩饭，却是上品佳肴。

生命就是一场狂欢，任你放什么音乐，都要跳出大方潇洒的好舞蹈。

# 时 光 会 教 你
# 逐 一 看 清 每 一 张 脸

使金牛疲惫的往往不是道路的遥远，而是心中的郁闷；使金牛颓废的往往不是前途的坎坷，而是自信的丧失；使金牛痛苦的往往不是生活的不幸，而是希望的破灭；使金牛绝望的往往不是挫折的打击，而是心灵的死亡。

金牛最好是凡事看淡些，心放开一点，一切都会慢慢变好的。

人的一生，要经历多少次的离别，
又要经历几回人面桃花，
然后终于习惯了身边的来来去去，
终于明白了没有永远的相聚，
也终于看淡了世事与人生的种种变迁。

想想看，你用什么东西量时间？

一只沙漏里细沙流完是一段时间。一炷馨香袅袅烧完是一段时间。一盏清茶从热到凉是一段时间。钟表的指针嘀嗒行走一圈是一段时间。

所以凡事你看得淡一点，伤就会少一点，时间过了，感情淡了，往事也会烟消云散。

你要知道，时光会教你逐一看清每一张脸。

世界上只有同类才可以做真正的朋友，只有心甘情愿才会做长久的恋人。志不同、道不合的人往往只能在某个离奇的时间里做一阵子开心的同伴；缘不对、分不准的人往往只能互相在彼此的生命里提供一段路的陪伴。

被时间的洪水淘过，最终仍然堆在一起的，一定是同样材质的“小石头”。

物以类聚、人以群分的道理说的果然不错。

不摔那么一跤，就不知道有谁愿意停下来等你；不有求于人，就不会知道谁会在关键时刻关心你。

有段时间你突然和一些人关系很好，以为彼此可以成为真正的朋友，然而他却会逐渐淡出你的记忆。有的时候你会不得不跟某人天天黏在一起，可是突然有一天，他会一言不发地悄然离去。

没有什么比时间更具有说服力了，因为时间无须通知我们就可以改变一切。

你花了太久的时间才学会，和谁都不要熟得太快，不要对谁都掏心掏肺，因为不是每个人都真的希望了解你，希望相互成为真正意义上的朋友。

不要以为自己在谁那里都吃得开，有的人就是看不惯你顺利，日久见人心。

朋友就是那些看到你的全部也没有走的人。

有的人很会说话，很会讨人欢心。但语言

很多时候都是假的，一起经历过风雨那才的的确确是真的。

不要讽刺身边嘴贫的人，因为也许他说的那些话，正是你需要改正的弱点；小心那些对你嘴甜的人，因为他可能正在寻找欺骗你的机会。

慢慢地，你会发现，时光会帮你揭开那些面具，让你逐一看清每一张脸。走得慢一点你便会发现，在时光的沉淀中，谁会真的在乎你以及你的一切。

时间是一把戳穿虚伪的刀。它验证了谎言，揭露了现实，淡化了承诺，你只要问心无愧地做人，一切自有命运安排。

对于许多人来说，所有的抛弃、冷漠与遗忘，都可以归给时间这只替罪羊。

然而时间平静而公正。它可以为了丑恶与失败，沉默地背起黑锅；也可以为了善良与成长，挂上荣耀的勋章。

不要害怕时间。如果心似磐石，分针秒针就只是忠实的目击者，记录下每一点辛苦与投入。也不要忽略时间，一声声滴答不只是冷漠刻板的旁观，更是温暖而认真的催促：华年易逝，华年易逝。

你要知道，时间是一只藏在黑暗中的温柔的手，在你一出神一恍惚之间，物换星移。

每个人的内心深处都有那么一些人、一些事，不愿提及，却永不忘记。岁月沉淀了回忆，情感温暖了人生。

无论何时何地，都请将回忆珍藏，将美好镌刻，当互相回忆起彼此，念起的依旧是美好的一面。

在成长路上，请保持一颗初心，且行且惜，珍惜现实的拥有。然后不时地提醒自己：离开的人越来越多，留下来的人越来越重要。

璀璨还是黯淡，永恒还是坠落，相聚还是离别，都不必多余地强调。

任这世间百态成妖，风驰火燎，狂浪拍礁，只须静心一笑，安然等待就好。

我们都曾不堪一击，我们终将刀枪不入。

爱过，错过，都是经过。好事，坏事，皆成往事。时间会证明一切。

**图书在版编目(CIP)数据**

原谅我眼里满是人间烟火 / 林小仙著. — 北京：现代出版社，2017. 9

ISBN 978-7-5143-6462-0

Ⅰ. ①原… Ⅱ. ①林… Ⅲ. ①散文集 - 中国 - 当代 Ⅳ. ①I267

中国版本图书馆 CIP 数据核字(2017)第 238955 号

**原谅我眼里满是人间烟火**

**著　　者** 林小仙
**责任编辑** 赵海燕　毕椿岚
**出版发行** 现代出版社
**通信地址** 北京市安定门外安华里 504 号
**邮政编码** 100011
**电　　话** 010-64267325　64245264（传真）
**网　　址** www.1980xd.com
**电子邮箱** xiandai@vip.sina.com
**印　　刷** 吉林省吉广国际广告股份有限公司
**开　　本** 880×1230　1/32
**字　　数** 132 千字
**印　　张** 7.5
**版　　次** 2018 年 2 月第 1 版　2018 年 5 月第 2 次印刷
**书　　号** ISBN 978-7-5143-6462-0
**定　　价** 38.00 元